Bent Ohle

Der Feuerbock

Jugendroman

1. Kapitel

Andreas stand auf dem oberen Parkdeck des Supermarktes an der Karl-Marx-Straße. Von hier aus konnte er sein Revier überblicken. Endlich war er wieder zu Hause, endlich war das Eingesperrtsein vorbei. Er inhalierte tief den Rauch seiner Zigarette, schloss die Augen und genoss seine Freiheit.

Im Westen hinter dem Flughafen Tempelhof war die Sonne untergegangen, und tiefrote Wolkenschleier zogen sich über den Himmel. Sie sahen aus, als hätte eine unsichtbare Kraft sie zerrissen und als bluteten sie jetzt auf die Erde.

Der Beton des Parkdecks gab noch immer seine gespeicherte Wärme ab, und die Hitze schlug gegen Andreas' Gesicht. Unten von der Straße her drang gedämpft der abflauende Lärm zu ihm herauf, und in der dicken Luft klebten tausend Gerüche. Die Abgase der Autos, Benzingestank von der Tankstelle hundert Meter weiter links, der Duft von gewürztem Fleisch aus den Dönerbuden auf der Karl-Marx-Straße, der Geruch der Bäume auf der Saalestraße, die den ganzen Tag in der Hitze gestanden hatten, die kühle, abgestandene Luft aus den Treppenhäusern, der Gestank der Mülltonnen, die überfüllt an der Straße standen, und der Geruch von dem heißen Stahl der S-Bahngleise, die direkt rechts neben dem Gebäude vorbeiführten. Andreas liebte diese Gerüche. Und trotz der abendlichen Hitze lief ihm ein Schauer über den Rücken, und er bekam eine Gänsehaut.

Heute war der erste Tag in Freiheit, nachdem er zwei Monate in der Jugendstrafanstalt Berlin eingesessen hatte. Diesmal hatte die Anklage auf Brandstiftung gelautet. Diesmal wie die letzten Male auch.

Wenn er sich jetzt nicht bessere und sein Leben von Grund auf ändere, würde er beim nächsten Mal nicht mehr so großzügig sein, hatte der Richter gesagt. Nächstes Mal würde seine Strafe wesentlich härter ausfallen. Andreas sah sein Gesicht noch deutlich vor sich. Eigentlich war ihm der Richter gar nicht mal unsympathisch gewesen. Aber das änderte nichts an der Tatsache, dass er einer von „denen" war. Nächstes Mal würde seine Strafe nicht mehr nur in Monaten ausgedrückt werden. „Das ist deine letzte Chance!"

Die Worte des Richters spielten wie eine Endlosschleife in seinem Kopf, und Andreas schüttelte sich, als könne er den Ton damit abstellen. Und dann hörte er tatsächlich etwas anderes. Es war ein Geräusch, auf das er schon die ganze Zeit gewartet hatte. Ein Zischen und Kreischen, das langsam immer lauter wurde. Andreas drehte sich um. Er stand an der hinteren Mauer des Parkdecks. Seine Beine berührten das Gitter, das auf der Mauer befestigt war und das gesamte Dach einfasste. Aus dem Kobaltblau des Himmels im Osten, in dem schon die ersten Sterne funkelten, schob sich ein Flugzeug auf ihn zu. Mit weit ausgebreiteten Tragflächen, an denen Lichter blinkten, kam es immer näher. Es sah aus, als würde es sich gar nicht bewegen, sondern einfach immer nur größer und größer werden. Andreas stieg auf die Balustrade. Das Gitter berührte jetzt seine Schienbeine weit unterhalb seiner Knie. Eine kleine Unachtsamkeit, und er würde sieben Meter tief auf den Beton stürzen. Jetzt konnte Andreas nichts anderes mehr sehen als das Flugzeug. In dieser Richtung gab es keine Häuser, die höher gewesen wären. Nichts stand mehr zwischen ihnen. Das Flugzeug flog direkt auf ihn zu. Sie würden zusammenprallen, so schien es. Das Geräusch wurde lauter, das Flugzeug war jetzt so nah, dass Andreas glaubte, es mit der Hand berühren zu können. Glutrot leuchtete es, als sei es gerade in die Erdatmosphäre eingetreten. Seine Umrisse begannen zu schwimmen in der Hitze des verbrennenden Kerosins. Andreas breitete seine Arme aus, und als das Flugzeug wie ein riesiger prähistorischer Vogel über ihn hinwegflog, schrie er, so laut er konnte. Es war ein Kampfschrei. Jeder Muskel in seinem Körper war angespannt, seine Fäuste waren geballt, sein Mund und seine Augen weit aufgerissen. Das Kreischen der Turbinen nahm seinen Schrei ein paar Meter mit sich und zerriss und zerfaserte ihn dann, bis nichts mehr von ihm übrig blieb. Andreas drehte seinen Kopf und verfolgte den riesigen Vogel, bis er gefährlich nah hinter einer Häusergruppe verschwand und auf dem Rollfeld des Flughafens aufsetzte. Jetzt konnte Andreas seinen Atem hören und sein Herz, wie es wild in seinem Brustkorb schlug.

In der Auffahrt tauchten plötzlich drei Köpfe auf. Andreas erkannte sie sofort. Es waren seine Freunde Busta, TJ und Pocket. Die Namen hatten sie sich gegenseitig gegeben. Es gab nichts Uncooleres, als sich bei dem echten Namen zu nennen. „Hallo, Christian!" So etwas sagen doch nur verdammte Spießer, die nachmittags Mathe lernen und sonntags mit ihren Eltern zur Oma zum Kaffee fahren. Ihre Namen erinnerten sie viel zu sehr daran, wer sie wirklich waren. Die Spitznamen machten andere Menschen aus ihnen. Coolere halt. Typen, die vor nichts Angst haben und die alles tun können, was sie wollen.

Busta hieß Busta, weil er ein großer Fan von Busta Rhymes war. Die Wände seines Zimmers waren mit seinen Postern quasi tapeziert. Und er hatte immer seine Kopfhörer in den Ohren. Sie waren schon ein Teil von ihm, und Andreas wusste gar nicht mehr, ob er ihn jemals ohne gesehen hatte. TJ hieß eigentlich Thomas Johannsmann. Er besaß einen Schlüsselanhänger mit seinen Initialen darauf. Und schon hatten sie einen vernünftigen Namen gefunden. Und Pocket war ein genialer Dieb. Immer wenn sie durch irgendein Kaufhaus gegangen waren und später wieder auf der Straße standen, holte Pocket aus jeder seiner Taschen irgendein geklautes Teil hervor, vom Kaugummi bis zum Nagelclipser.

Andreas sprang von der Mauer und ging seinen Freunden entgegen. Jeder von ihnen trug eine Flasche in der Hand. Irgendetwas Hochprozentiges. Heute würden sie richtig Party machen, das stand mal fest. Busta streckte seine rechte Hand aus und fächerte seine Finger auseinander. Andreas schlug ein. Sie zogen sich an den Händen heran und stießen mit der Schulter aneinander. Ein Gruß, den sie aus dem Fernsehen kannten und sich abgeguckt hatten. „Hi, AC! Cool, dass de wieder da bist!", sagte Busta. Andreas war AC getauft worden, weil er so gerne zündelte und Brände legte. Dreimal war er schon wegen Brandstiftung verurteilt worden. Beim ersten Mal hatte er ein paar Müllcontainer an einer Straße angezündet. Damals hatte er betrunken in der glühenden Asche getanzt, und Busta hatte ihn Ascheclown genannt. Daraus wurde dann AC als Abkürzung, und natürlich musste es englisch ausgesprochen werden. Sonst wäre es uncool gewesen.

Trotz der Hitze trug Busta einen Sweater mit Kapuze und eine Basecap darunter. Er war größer als Andreas, dünn, aber mit breiten Schultern. Sein hohlwangiges Gesicht war von den schwarzen Kabeln seiner Kopfhörer eingerahmt. Seine Augen waren groß und rund, lagen aber im Schatten seiner dichten Augenbrauen. Sein Mund sah aus, als würde er niemals lachen.

„Hi, AC!" Auch TJ und Andreas grüßten sich auf die gleiche Weise, während Pocket grinsend Andreas' Schulter klopfte. „Wie war's, Alter?"

„Heute wird nicht über'n Knast geredet, klar?"

„Na klar, Alter!", sagte Pocket und umarmte Andreas von der Seite. Pocket war der Kleinste der vier Jungen. Er trug eine abgewetzte Jeansjacke mit vielen Taschen und ein weißes T-Shirt mit einem Smiley, dessen Mundwinkel aber nach unten zeigten. Seine Basecap saß seitlich auf dem Kopf, und seine lockigen Haare lugten unter dem Schirm hervor.

TJ war ein kräftiger Junge und mit seinen siebzehn Jahren der Älteste von ihnen. Er trug ein braunes T-Shirt, das zwei Nummern zu groß war, und strahlend weiße Sportschuhe. Er blinzelte und sprach etwas langsam, doch seine Augen waren hellwach.

Sie setzten sich auf den oberen Rand der Auffahrt, so dass sie die Straße beobachten konnten, und öffneten die Flaschen. Jetzt waren sie wieder zusammen. Heute würde nichts und niemand sie aufhalten können.

2. Kapitel

Um halb ein Uhr nachts saßen sie auf dem Basketballplatz in der Saalestraße. Der Platz lag inmitten eines begrünten Areals, das zu drei Seiten von Wohnhäusern und zu einer Seite von der Straße und der daneben verlaufenden S-Bahn-Trasse eingegrenzt war. Ein hoher Zaun stand um den Platz herum und ließ ihn eher wie einen Zwinger als einen Spielplatz erscheinen.

Die drei Flaschen lagen leer auf dem Boden herum, und die vier Jungen waren so betrunken, dass sie sogar im Sitzen schwankten. Andreas war schlecht. Pocket hatte sich bereits übergeben.

„Lass uns abhauen!", sagte Andreas, zündete sich eine Zigarette an und stand auf. Die anderen sahen ihn aus zusammengekniffenen Augen an und standen dann auch auf. Sie torkelten durch die Straße in Richtung Sonnenallee. Andreas konnte kaum noch sehen. Zwei Monate ohne Alkohol hatten ihn entwöhnt. So schlecht hatte er sich schon lange nicht mehr gefühlt. Seine Augen konnten einfach kein scharfes Bild mehr machen, und so blickte er meist nur hinunter auf seine Füße. Er wollte nur noch nach Hause ins Bett. Als er das nächste Mal aufschaute, hatten sie bereits die Sonnenallee überquert. Links von ihm lag der Kleingartenverein „Kühler Grund". Andreas blieb stehen und sog die Luft in seine Lungen. Jetzt ging es ihm schon ein wenig besser. Busta stand neben ihm und blickte in das Schaufenster des Motorradgeschäfts. Pocket und TJ, die etwas zurückgefallen waren, lachten wie zwei kleine Kinder, während sie wieder aufschlossen. Jetzt standen sie alle vier an dem Schaufenster und starrten auf die schweren Maschinen im Verkaufsraum. Suzukis, Yamahas und Ducatis standen dort. Jeder von ihnen träumte davon, einmal eine solche Maschine zu besitzen und so schnell zu fahren, bis die Nadel ans Ende des Tachometers stieß.

„Was glaubt ihr, wer von uns fährt später mal so'n Ding?", fragte Pocket.

„Geklaut oder gekauft?", fragte Andreas, und alle lachten.

„Gekauft!", sagte Pocket und musste sich dabei an der Scheibe festhalten, um nicht umzufallen.

„Du bestimmt nicht!", sagte Busta. Andreas und er warfen sich einen belustigten Blick zu.

„Ich kauf mir eine, ganz bestimmt!", sagte TJ plötzlich. Alle drehten sich zu ihm um.

„Das ist das Einzige, was ich haben will. Und wenn ich noch zehn Jahre arbeite, habe ich genug gespart!"

„In zehn Jahren, Mann! Da bist du 'n alter Penner und hängst irgendwo im Park ab, mit 'nem kaputten Fahrrad und vier Alditüten!", sagte Pocket. Er fand diese Vorstellung ungeheuer komisch und krümmte sich vor Lachen. Andreas, Busta und TJ aber wurden ganz ernst und still. Tatsächlich war die Vorstellung, in zehn Jahren ein solches Motorrad zu besitzen, für sie unwahrscheinlicher, als mit einem Fahrrad und vier Alditüten im Park zu enden. Die Zukunft lag wie ein dunkler, schmutziger Tunnel vor ihnen, an dessen Ende man kein Licht erkennen konnte. Sie wussten, dass sie alle diesen Tunnel durchqueren mussten, wenn sich nicht etwas in ihrem Leben änderte.

„Halt's Maul!", sagte Andreas müde zu Pocket und ging weiter.

Als sie von der Thiemannstraße ans Weigandufer kamen und den Kanal riechen konnten, der schwarz wie Pech im Mondschein dalag, hätte Andreas nur noch zweihundert Meter nach links gehen müssen, und er wäre zu Hause gewesen. Doch dann fiel ihm etwas ins Auge, das fünfzig Meter weiter rechts auf der anderen Seite der Straße stand. Es war ein alter klappriger VW Polo. Die Stoßstange war abgefallen, und der Besitzer hatte sie mit Draht wieder befestigt. Andreas hatte keine Lust, so deprimiert, wie er jetzt war, ins Bett zu gehen.

„TJ? Kriegst du die Kiste da auf?" TJ arbeitete als Einziger von ihnen schon, und zwar in einer Kfz-Werkstatt. Er blinzelte das Auto an und entspannte seinen Blick gleich wieder.

„Na logisch!"

Kaum eine Minute später saßen die vier in dem Polo, und TJ versuchte, den Motor kurzzuschließen. Sie alle waren jetzt hellwach. Das Adrenalin hatte den Alkohol in ihrem Blut verdrängt. Andreas, Busta und Pocket starrten auf TJs Hände, die ein durchtrenntes Kabel aneinanderrieben. Funken sprangen über.

„Leute, wisst ihr, was wir hier gerade machen?", fragte Busta in die gespannte Stille hinein.

Andreas sah das Gesicht des Richters wieder vor sich, doch er wollte verdammt noch mal heute Nacht seinen Spaß haben.

„Wir drehen nur eine Runde und stellen ihn wieder zurück!", sagte Andreas. Er spürte nicht, wie ernst die Situation eigentlich war, spürte nicht, wie viel für ihn auf dem Spiel stand. Das Einzige, was er spürte, war die Lust nach einem Abenteuer. Und das hier war eins. Seine drei Freunde waren plötzlich nicht mehr ganz so sicher, ob das eine gute Idee war.

„Nur 'ne kleine Runde!", wiederholte Andreas. Busta lehnte sich zurück.

„Ich bin dabei!" Pocket und TJ nickten, und so rieb TJ die Kabelenden wieder aneinander, bis der Wagen endlich ansprang. So als hätten sie gar nicht damit gerechnet, dass das passieren würde, sahen sie sich jetzt nach allen Seiten um, ob jemand sie gesehen hatte, ob noch jemand auf der Straße unterwegs war oder ob zufällig ein Streifenwagen in der Nähe war. Aber sie waren allein. Nur auf der anderen Seite des Ufers brannten zwei Lichter hinter gardinenverhangenen Fenstern.

„Drück drauf!", sagte Andreas, und TJ fuhr los. Ungläubig blickten die Jungen auf die Straße und fingen an, laut zu jubeln. TJ fuhr links über die Brücke und dann in entgegengesetzter Richtung auf dem Kiehlufer am Kanal entlang. Das Jubeln ebbte erst kurz vor der Elsenstraße wieder ab.

„Fahr rechts!", sagte Andreas, und TJ folgte seiner Anweisung. Der

Polo bog in die Elsenstraße Richtung Treptower Park ein. Nach ein paar hundert Metern rollten sie auf eine große Kreuzung zu, und TJ wurde unsicher.

„Wo soll ich hin? Soll ich umdrehen, oder was?"

„Fahr weiter! Eine Runde um den Park!", sagte Busta von hinten.

„Oh, Scheiße!", sagte Pocket ängstlich und aufgeregt.

Doch jetzt gab es kein Zurück mehr. Sie fuhren auf der dreispurigen Straße, die als Einbahnstraße einmal um den Treptower Park herumführte. TJ nahm die ganz linke Spur.

„Das ist das Coolste, was wir je gemacht haben!", sagte Andreas. Jeder von ihnen musste grinsen. Die dichten Bäume des Parks flogen an ihnen vorüber. Andreas kurbelte sein Fenster herunter, um die Nachtluft zu genießen.

„Die Bullen!", rief Pocket plötzlich.

„Was!?" TJ blickte hektisch in den Rückspiegel.

„Neben uns! Sie sind fast neben uns!", rief Pocket panisch. Aus dem Augenwinkel konnte Andreas den Streifenwagen auf der Mittelspur ausmachen.

„Fahr hier rein!", forderte er und deutete auf die Einfahrt eines Parkplatzes. TJ bremste abrupt und riss das Steuer herum. Unsanft holperten sie auf den Parkplatz, und der Streifenwagen überholte sie. Die Bremslichter leuchteten nicht auf, der Blinker ebenfalls nicht. Er wurde nicht langsamer, sondern fuhr einfach immer weiter. Sie hatten es geschafft. Die Polizisten hatten nichts bemerkt. Die Jungen ließen ihre Anspannung mit einem lauten Lachen heraus.

„Alter, war das knapp!", sagte Pocket.

„Los, fahr weiter!", befahl Andreas.

„Ja, ab nach Hause!", stimmte Pocket zu. Er war immer noch so nervös, dass er auf seinem Sitz auf und ab wippte.

Als TJ wieder aufs Gaspedal trat, hörten sie plötzlich ein lautes kratzendes Geräusch am Heck des Autos. TJ hielt an, und die Jungen stiegen aus. Die notdürftig befestigte Stoßstange hatte sich gelöst und schleifte auf dem Boden.

„Scheißkarre!", sagte Busta und trat gegen den Kofferraum.

„Lassen wir das Ding hier stehen und hauen ab!", meinte TJ.

Sie einigten sich mit ein paar Blicken und gingen in den Schutz der Bäume. Hier konnten sie ungesehen im Dunkel der Nacht wieder nach Hause gelangen. Doch Andreas blieb stehen.

„Was ist?", fragte Pocket ängstlich, weil er dachte, Andreas hätte vielleicht etwas gehört oder gesehen.

„Bin gleich wieder da!", sagte Andreas und lief noch mal zurück zum Wagen.

„Der Penner kann's einfach nicht sein lassen!", sagte Busta.

„AC, mach keinen Scheiß! Komm schon!", rief Pocket leise.

Aber Andreas ließ sich nicht beirren. Mit einem Taschenmesser zerschnitt er das Sitzpolster auf der Fahrerseite, pulte den Inhalt heraus und goss ein bisschen Reinigungsbenzin darüber, das er in der Innentasche seiner Jacke verstaut hatte. Mit einem alten Plastikfeuerzeug zündete er den getränkten Schaum an. Es gab eine kleine Verpuffung, und schon brannte der Polsterstoff in einer gelben Flamme. Andreas zog sich zurück und warf die Tür wieder ins Schloss. Rauch füllte den Innenraum des Polos, und durch die grauen Schwaden hindurch konnte man das Feuer leuchten sehen.

„Komm jetzt endlich!", zischte es aus dem Schatten der Bäume heraus.

„AC!", rief Busta wütend.

„Moment noch!", sagte Andreas und holte sein Handy heraus.

Das Feuer brannte immer wüster, und Rauch und Qualm drangen aus den Türritzen. Mit einem lauten Knall zerplatzte eine Scheibe, und alle erschraken. Jetzt leckte eine große Flammenzunge aus dem Fenster bis aufs Dach. Andreas schaltete sein Handy ein und fotografierte den brennenden Wagen.

„AC!! Komm jetzt, verdammt!!“, rief Busta.

„Scheiße, ich hau ab!“, jammerte Pocket, drehte sich um und stieß mit TJ zusammen. Der wollte auch nicht länger warten. Doch gerade als sie loslaufen wollten, sahen sie den Streifenwagen. Etwa zweihundert Meter entfernt fuhr er im Schritttempo durch den Park. Beide froren augenblicklich in ihrer Bewegung ein. Eigentlich wollten sie Busta und AC warnen, doch bevor sie einen Ton herausbrachten, beschleunigte der Polizeiwagen, und das Blaulicht sprang an. Sie mussten das Feuer entdeckt haben. Vielleicht war ihnen doch etwas an dem alten Polo aufgefallen, und sie waren von der anderen Seite her in den Park gefahren. TJ und Pocket liefen einfach los. Busta bemerkte, wie das Blaulicht gegen die Bäume geworfen wurde, und hörte die schnellen Schritte von TJ und Pocket.

„Die Bullen!“, rief er und rannte an Andreas vorbei über die Straße in das gegenüberliegende Wohnviertel. Andreas fuhr herum und sah die beiden Lichter und das rotierende Blaulicht direkt auf sich zukommen. Er sprintete los, lief bis zum Ende des Parkplatzes, blickte sich um und sah, wie der Streifenwagen auf den Parkplatz gefahren kam. Er schlug einen Haken, verschwand nach rechts in die Bäume und lief auf dem Parkweg Richtung S-Bahn-Station. Seine Beine schienen immer schwächer zu werden, sein Atem ging japsend, und der nächtliche Park hüpfte vor seinen Augen auf und ab, so dass er alles nur noch verschwommen wahrnehmen konnte. Und er fühlte sich so langsam, so verdammt langsam, als ziehe er ein schweres Gewicht hinter sich her. Dann hörte er das Quietschen von Reifen auf dem Asphalt hinter sich. Die Polizei war zurück in den Park gefahren und verfolgte ihn nun. Andreas wurde von ihrem Lichtkegel erfasst und konnte seinen doppelten Schatten vor sich auf dem Boden laufen sehen. Hier auf dem asphaltierten Weg hätten sie ihn in wenigen Sekunden erreicht. Also schlug er wieder einen Haken nach rechts und lief durch Gestrüpp hindurch auf die große Wiese inmitten des Parks zu. Im Augenwinkel konnte er erkennen, dass auch die Polizei fünfzig Meter neben ihm auf die Wiese fuhr. Äste und Zweige schlugen ihm ins Gesicht.

Und dann war er endlich auf der Wiese. Er bog sofort nach links und hörte, wie der Motor des Wagens aufheulte, als die Polizisten beschleunigten. Doch auf dem feuchten Rasen drehten die Räder durch, und der Wagen kam ins Schlingern. Andreas lief auf das Ende der Wiese zu. Seine Lungen brannten. Wieder musste er durchs Unterholz laufen. Zum Schutz hob er seine Arme vors Gesicht und stolperte blind vorwärts. Die Bäume standen hier so dicht, dass der Streifenwagen ihm nicht folgen konnte. Er musste außen herumfahren und schlingerte wieder über den Rasen. Andreas hatte es schon bis auf den Weg geschafft, und im Dunkeln konnte er eine S-Bahn erkennen, die sich wie eine leuchtende Schlange von links her dem S-Bahnhof näherte. Das war seine Rettung. Er musste die Bahn erreichen, sonst war alles vorbei. Er versuchte, sich noch schneller zu bewegen. Seine Augen waren weit aufgerissen und fixierten nur noch die S-Bahn, die jetzt in den Bahnhof einfuhr und abbremste. Rechts holperte der Streifenwagen auf den Weg. Andreas hatte den Aufgang schon fast erreicht. Jetzt sprang er die Stufen hinauf und hechtete förmlich in die stehende S-Bahn. Unsanft landete er auf dem Boden und stieß mit dem Kopf gegen die andere Tür. Er konnte noch hören, wie unten die Reifen quietschten und die Türen aufgestoßen wurden, als sich mit einem Zischen die Tür schloss und der Wagen anfuhr. Erschöpft sank Andreas auf den Boden und atmete so schwer, dass sein Körper sich wie durch Krämpfe immer wieder zusammenkrümmte. Zwei andere Jugendliche saßen als Einzige in dem Abteil und starrten ihn an, wie ein exotisches Tier, das sich in die Bahn verirrt hatte.

Schon an der nächsten Haltestelle stieg Andreas wieder aus und wechselte in eine S-Bahn, die in entgegengesetzter Richtung fuhr. Er ging dieses Risiko ein, weil er hoffte, dass die Polizei damit am wenigsten rechnen würde. Also passierte er den Treptower Park abermals und konnte das brennende Auto erkennen und den Streifenwagen. Zwei Löschwagen der Feuerwehr kamen mit lautem Sirenengeheul aus Richtung Kreuzberg und rasten über die Kreuzung. Andreas' Herz schlug vor Aufregung so heftig, dass er nur noch ein pulsierendes Rauschen in seinen Ohren hörte. Während er bis zur Station „Sonnenallee“ fuhr, überlegte er, ob er nicht die Fotos von dem Handy löschen sollte, falls er doch noch erwischt wurde. Aber er konnte sich nicht überwinden. Das waren die besten Fotos, die er je gemacht hatte.

3. Kapitel

Es war kurz nach drei, als Andreas nach Hause kam. Die Angst, dass die Polizei irgendwie auf ihn gekommen war und bereits oben in der Wohnung auf ihn wartete, ließ ihn nur vorsichtig durch den dunklen Eingangsflur schleichen. An der Tür zum Innenhof blickte er zunächst durch das kleine schmutzige Fenster, doch alle Lichter in der Wohnung waren gelöscht. Er schob die quietschende Tür auf und ging links in den Seitenflügel hoch in den ersten Stock. Als er die Wohnungstür aufschloss, schlug ihm der vertraute Geruch der Wohnung entgegen. Einerseits tat das gut, andererseits mochte er diesen Geruch nicht. Es roch irgendwie alt und schmutzig und auch ein bisschen klebrig. Im Flur sah er die zusammengeschnürten Abfallsäcke. Einige Rotweinflaschen schimmerten hindurch, und Andreas wusste, was das bedeutete. Sie hatte wieder getrunken. Wahrscheinlich seinetwegen. Weil er so eine große Enttäuschung war. Weil er ihr nur Sorgen bereitete. Und weil sie ihn heute aus der Strafanstalt hatte abholen müssen. Er hatte genau gewusst, dass sie nicht dort stehen und sich freuen würde. Sie würde weinen. Aus Scham und aus Verzweiflung. Und er hatte recht behalten. Wenn sie wenigstens nur ein bisschen gelächelt hätte.

Andreas schloss die Tür, ging in die Küche und blickte in den Kühlschrank. Abgesehen von einem Joghurt, der schon zwei Tage abgelaufen war, stand nichts darin, was er hätte essen können. Den Joghurt wollte er nicht anrühren. Mürrisch warf er die Kühlschranktür wieder zu. Dann fiel sein Blick auf den Herd, wo eine Pfanne mit gebratenen Schnitzeln stand. In einem Topf lagen geviertelte Kartoffeln. Er nahm sich eine und steckte sie sich in den Mund.

„Ich hatte Abendessen gekocht! Wo warst du?“, hörte er seine Mutter in der Dunkelheit sagen. Erschrocken sah er zur Tür. Sie knipste das Licht in der Küche an, blieb aber im Türrahmen stehen.

„Ich war mit den Jungs unterwegs!", sagte Andreas.

„Warum rufst du nicht an? Weißt du, wie spät es ist?"

„Hab's vergessen!"

„So, vergessen! Ich hab gekocht für dich! Ich warte hier seit fast acht Stunden auf dich!" Andreas sah, dass seine Mutter vor Wut anfing zu zittern. Das tat sie immer, wenn sie sich stritten. Sie sah schlecht aus. Besonders jetzt im kalten Licht der Küchenlampe fiel Andreas auf, wie viele Falten sie bereits um die Augen herum hatte und um die Mundwinkel. Ihre Augenhöhlen waren ganz dunkel gefärbt, und ihre dünnen Lippen schienen blutleer.

„Du kochst doch sonst auch nicht, da brauchst du heute nicht damit anfangen!", sagte Andreas, und er wusste, dass er mit dieser Bemerkung den Streit erst richtig entfachen würde. Er schob sich an seiner Mutter vorbei in den Flur.

„Du riechst nach Rauch! Andreas, hast du schon wieder was angezündet!? Du bist heute erst aus dem Knast gekommen, und alles geht weiter wie vorher!"

Andreas drehte sich um.

„Hier zu Hause hat sich ja auch nichts geändert!"

„Sei vorsichtig oder ich ..." Andreas' Mutter hob drohend ihre Hand. Auch sie zitterte.

„Mach doch! Schlag doch zu! Glaubst du, ich hab Angst?" Ihre wütenden Blicke trafen sich wie Schwertklingen. Die Mutter ballte ihre Hand zu einer Faust und ließ sie in der Luft neben ihrer Hüfte niedersausen.

„Du machst alles kaputt! Du machst dich kaputt und mich auch!", schrie sie ihn an. Tränen funkelten in ihren Augen.

„Du bist besoffen!", sagte Andreas vorwurfsvoll.

„Rede nicht so mit mir!", fuhr sie ihn an. Andreas drehte sich einfach um und stampfte in sein Zimmer. Seine Mutter eilte hinterher und bekam noch einen Fuß in die Tür, als er sie zuschlagen wollte.

„Aber damit ist jetzt Schluss! Du wirst nicht hierbleiben die Ferien über und mit deinen kriminellen Freunden rumhängen, sechs Wochen lang! Ich hab schon mit deinem Onkel Norbert telefoniert! Wir fahren morgen auf seinen Hof! Da wirst du lernen, was es heißt, zu arbeiten und zu gehorchen! Ich kann nicht mehr. Ich kann einfach nicht mehr! Du brauchst eine harte Hand, einen Mann! Ich als Frau kann das nicht mehr!"

„Hätt'st dir ja einen besseren Vater aussuchen können für mich!"

Verletzt sah seine Mutter Andreas ins Gesicht. Andreas musste sich abwenden, er konnte diesen Blick nicht ertragen.

„Wir fahren morgen um 9 Uhr 35 mit der Bahn! Und du wirst mitkommen!"

„Tu ich nicht!"

„Dann ruf ich bei der Polizei an! Glaub mir, du bist schneller wieder im Knast, als du denken kannst!"

Andreas dachte sofort wieder an die Bilder auf seinem Handy. Seine Mutter zog die Tür zu und ließ ihn allein in seinem Zimmer. Er wusste, dass sie recht hatte, und das ärgerte ihn. Vielleicht war es nach dem, was heute Nacht passiert war, gar nicht schlecht, wenn er aus der Stadt verschwand. Aber nicht für die gesamten sechs Wochen. Das würde er nicht zulassen. Dafür würde er noch eine Lösung finden.

Andreas legte sich angezogen und mit Schuhen auf sein Bett. Bald würde die Sonne aufgehen, und er musste noch etwas schlafen. Aber der Streit hatte ihn zu sehr aufgewühlt, als dass er sofort hätte einschlafen können. Es tat gut, auch einfach nur in einem Bett zu liegen. In seinem Bett. Und nicht auf einer Pritsche im Knast. Er sah aus dem Fenster. Gitterstäbe gab es hier keine. Doch den Himmel konnte er aus seinem Fenster auch nicht sehen. Er blickte lediglich auf die Häuserfassade von gegenüber, die viel zu dicht an seinem Fenster stand. Er fühlte sich eingepfercht, und manchmal schien die Fassade näher zu kommen wie in einer Müllpresse. Dann musste er raus. Raus an die frische Luft.

Aus der Küche drangen dumpf die Geräusche in sein Zimmer, wie seine Mutter das Essen wegwarf. Er hörte eine Gabel über die Innenseite der Pfanne kratzen und das Zuschlagen des Mülleimers. Dann warf seine Mutter Pfanne und Topf in die Spüle. Es krachte blechern, und das Wasser wurde angestellt. Das Schluchzen seiner Mutter konnte er auch hören. Andreas hielt sich die Ohren zu und schloss die Augen. Er wollte, dass das alles ein Ende hatte, dass sich irgendwas änderte. Einfach nur irgendwas. Was, war ihm egal.

4. Kapitel

Um halb neun verließen er und seine Mutter das Haus. Er hatte ein paar Klamotten in seiner Sporttasche verstaut, die er missmutig über seiner Schulter trug. Als sie auf die Straße traten, blickte Andreas sofort nach rechts, an die Stelle, an der der Polo gestern Nacht gestanden hatte. Er musste grinsen. Seine Mutter bog gleich nach links ab, und er folgte ihr mit ein paar Metern Abstand und tat so, als würde er nicht zu ihr gehören. Auf keinen Fall wollte er wie ein kleines Kind neben seiner Mutter herlaufen.

Drüben am Kanalufer lagen zerfetzte blaue Abfallsäcke, in denen sich raschelnd etwas bewegte. Es waren die Ratten, die jetzt im Sommer aus dem Kanal gekrochen kamen und alles anfraßen, was sie nur finden konnten. Um den nach Bier stinkenden Altglasbehälter summten die Wespen, und irgendwo auf der anderen Seite des Ufers hatten sich zwei Hunde ineinander verbissen. Ihre Besitzer schrien zwischen das Bellen und Keifen der verdammten Köter. *Sollen sie sich doch totbeißen*, dachte Andreas.

Am Hauptbahnhof stiegen sie von der S-Bahn in einen Regionalexpress um. Bis hierhin hatten sie kein Wort miteinander gewechselt. Und auch jetzt hatte Andreas nicht vor, das zu ändern. In einem leeren Abteil setzte er sich gleich ans Fenster und warf seine Tasche auf den gegenüberliegenden Sitz. Seine Haltung machte deutlich, dass er nicht wollte, dass seine Mutter neben ihm Platz nahm, und so setzte sie sich auf den mittleren Sitz neben seine Tasche. Von außen sahen sie aus wie Fremde, doch in dem Abteil selbst spürte man förmlich die Spannung zwischen den beiden, die wie ein Gewitter darauf wartete, sich bei dem geringsten Anlass zu entladen.

Andreas dachte an Busta, TJ und Pocket, die wahrscheinlich alle noch in ihren Betten lagen. Er wusste nicht, wie er ihnen mitteilen sollte, wohin er jetzt fuhr und warum. Es war ihm peinlich zuzugeben, dass seine Mutter ihn dazu gezwungen hatte. Damit hätte er seine Schwäche eingestanden, und wenn er eins nicht sein wollte, dann war es, schwach zu sein. Der Zug fuhr über die Jannowitzbrücke, und Andreas holte sein Handy heraus. Mit dem Kopf an die vibrierende Scheibe gelehnt, überlegte er, was er schreiben sollte. Kurz bevor sie in den Bahnhof „Alexanderplatz" einfuhren, begann er zu tippen: „busta bin für ein paar tage raus aus berlin wegen der sache gestern. bullen hätten mich fast erwischt. melde mich. AC"

Er schaltete das Handy aus und sah aus dem Fenster. Sein Gesicht spiegelte sich in der Scheibe und huschte über all die Fenster in den Häusern, die dichtgedrängt an den Gleisen standen. Andreas hatte das Gefühl, direkt durch die Wohnungen hindurchzufahren. Die Stadt war wie ein riesiger menschlicher Zoo, den man mit einer Bahn durchfahren konnte wie in Disney World. Bald rückten die Häuser immer weiter zurück, wurden kleiner und standen nur noch vereinzelt an der Strecke. Wie ein Fluss mündete die Bahnstrecke in ein riesiges flaches Delta, das rechts und links nur noch von Feldern flankiert war, die sich mal grün und mal gelb an der Scheibe vorbeischoben. Das stetige *tacktack, tacktack, tacktack* der Räder auf den Schienen schläferte Andreas ein. Er hatte kaum eine Stunde geschlafen in der letzten Nacht. Jetzt sank er in einen zunächst tiefen, dann aber unruhigen Schlaf, der ihn immer wieder besorgt hochschnellen ließ. Er blickte ein paarmal zu seiner Mutter, die angestrengt in einer Zeitschrift las und so tat, als hätte sie nichts bemerkt.

Doch die Zeitschrift war nur ein Alibi. Seit einer Dreiviertelstunde beobachtete sie ihren schlafenden Sohn, versuchte zu sehen, was sie sehen wollte. Einen netten jungen Mann, der eigentlich noch ein Kind war und der seinen Vater vermisste, ohne sich selbst dessen bewusst zu sein. Und wenn er aus seinen Träumen hochschreckte, sah sie diese scheuen und zugleich wütenden Augen, in denen etwas glimmte, das ihr völlig fremd war und von dem sie nicht wusste, wie es von ihrem Sohn hatte Besitz ergreifen können. Es war etwas Wildes, Rohes in diesen Augen, das aus dem schlafenden Kind innerhalb einer Sekunde ein Tier werden ließ, das man in die Enge getrieben hatte. Sie hatte das Gefühl, ihr Sohn entgleite ihr immer mehr und verwandele sich langsam vollständig in dieses Tier. Sie hatte das Gefühl, ihren Sohn nicht mehr zu kennen, und wenn sie ehrlich mit sich war, kannte sie sich selbst nicht mehr. Eigentlich war sie nicht das, was sie jetzt war. Zumindest hatte sie nie so werden wollen. Das Schlimmste an jedem Tag war für sie nicht die Angst vor dem Tag, wenn sie morgens aufwachte, nicht die Angst um ihren Sohn, wenn er nachts nicht nach Hause kam, und auch nicht die Angst vor der Zukunft. Das Schlimmste für sie war, in den Spiegel zu schauen. Dort hineinzuschauen und zu sehen, was das Leben mit ihr angestellt hatte. Das war die kälteste und brutalste Art der Vergegenwärtigung. So kalt und brutal, dass es körperlich schmerzte.

Der Zug hielt plötzlich auf offener Strecke. Das gleißende Quietschen der Bremsen weckte Andreas. Für einen kurzen Augenblick war er orientierungslos, erinnerte sich aber wieder an den Streit mit seiner Mutter und an den Albtraum, der ihm jetzt bevorstand. Er räusperte sich, richtete sich auf und versuchte, auf den Gleisen den Grund für das Anhalten finden zu können. Aber alles war still und friedlich. Die Sonne stand hoch über dem Land, und ein an ein Feld grenzender Kiefernwald warf einen kurzen schwarzen Schatten auf einen Abwassergraben, der einmal um das Feld herumführte. Ein paar Kühe standen etwa hundert Meter weiter rechts in der ausgetretenen Ecke eines Zauns. *WUMM*!!! Auf einmal raste ein *ICE* an ihnen vorbei und drückte die verdrängte Luft wie eine Detonation an die Fensterscheibe. Andreas schrak zurück, und er fühlte, wie sich der tonnenschwere Zug, in dem er saß, kurz zur Seite neigte. Nun war er wirklich wach. Wach und sich bewusst, was heute mit ihm passieren würde. Das Land, das er durch das Fenster sehen konnte, war wie eine andere Welt für ihn, ein anderer Kosmos. Er versuchte, sich zurückzuerinnern, wann er das letzte Mal Berlin verlassen hatte. Es dauerte eine Weile, bis ihm ein Urlaub einfiel, den seine Mutter und er mal an der Ostsee verbracht hatten. Damals waren sie zusammen mit einer Freundin von seiner Mutter in deren Auto hoch gefahren. Das Einzige, was von diesem Urlaub in seinem Gedächtnis haften geblieben war, war ein altes Zelt auf dem Zeltplatz, das, wie es schien, schon hundert Jahre da gestanden haben musste. Der stumpfe orangefarbene Stoff war völlig verwittert gewesen, und vom Boden her war Moos an den Seiten hochgewachsen. Hohes Gras hatte um das Zelt herumgestanden, und es hatte ausgesehen, als sei es direkt aus dem Boden herausgewachsen, wie ein übergroßer Pilz. Es hatte die Erde aufgebrochen und stand nun seit Jahren hohl und feucht inmitten des Zeltplatzes. Andreas hatte lange davorgestanden und Angst gehabt, wie die Bewohner dieses Zeltes wohl aussehen mochten. Dieses blöde Zelt hatte ihm tatsächlich Angst eingejagt. Die Bewohner hatte er während der Woche, die sie dort verbrachten, nie zu Gesicht bekommen.

Und da schoss es ihm durch den Kopf, dass er noch nie mit der Eisenbahn gefahren war. Sicher war er zu Hause schon tausend Mal mit der S- oder U-Bahn gefahren, aber eine Fahrt in einer richtigen Eisenbahn hatte er nie erlebt. Scham stieg in ihm auf. Scham darüber, dass er nicht einmal eine solch banale Erfahrung wie eine Bahnfahrt gemacht hatte. Er spürte, wie er rot wurde und sich immer kleiner und kleiner fühlte. Ein kleiner Junge mit Schamesröte im Gesicht und heißen Tränen in den Augen. Warum war seine Mutter nie mit ihm Bahn gefahren? Warum ließ sie es zu, dass er sich blamierte vor der gesamten Menschheit? Und in seiner Erinnerung flackerte plötzlich ein weiteres Bild auf, das sich aus dem Urlaub an der Ostsee in sein Gehirn eingebrannt hatte. Er hatte es völlig vergessen, und jetzt sah er ganz deutlich wieder diese Frau vor sich. Eine erwachsene Frau, die damals sogar älter als seine Mutter gewesen war. Sie hatte mit Schwimmflügeln am Wasser gestanden, und eine Gruppe von Jugendlichen hatte sich über sie lustig gemacht. Sie gaben sich nicht einmal Mühe, es zu verstecken, sie lachten ganz offen über sie. Andreas, der damals sechs Jahre alt gewesen war, lachte auch. Weil die anderen es taten. Weil alle es taten. Der ganze Strand lachte über sie. Diese Frau mit ihren mickrigen weißen Ärmchen in den leuchtenden Schwimmflügeln. Genau so fühlte Andreas sich jetzt.

Eine halbe Stunde später fuhr der Zug in den Bahnhof von Genthin ein, wo sie in einen Bus umsteigen mussten, der sie nach Jerichow brachte. Dort wollte sie Norbert, der Cousin von Andreas' Mutter, abholen. Der Bus war nicht klimatisiert, es war ein ganz normaler Linienbus, und aus den alten pelzigen Sitzpolstern drang ein staubiger Geruch. Als sie in Jerichow ankamen, war Andreas' Rücken schweißnass. Er hatte mit der Tasche auf dem Schoß am Fenster neben seiner Mutter gesessen und sich, so weit er konnte, gegen die Fensterscheibe gedrückt, um jeden Kontakt mit seiner Mutter zu vermeiden. Er konnte ihre Nähe jetzt nicht ertragen.

5. Kapitel

Sie stiegen aus und fanden sich auf einer Straße vor einem alten Kloster wieder. Andreas konnte zwei riesige Türme erkennen, die über einem massiven roten Backsteinbau zu schweben schienen. Die kleinen Fenster blickten ihn wie Augen an, schwarz wie Kohle und ebenso leblos. Das Kloster glich mehr einer Festung, fand Andreas, oder vielleicht einem Gefängnis. Er hielt nach einem rotgesichtigen, übergewichtigen Mann Ausschau mit schlecht geschnittenen, blonden strohigen Haaren und Gummistiefeln. Umso überraschter war er, als seine Mutter einem Mann zuwinkte, der aussah wie ein Lehrer oder wie ein Buchhändler.

„Norbert!", rief seine Mutter und freute sich, ihren Cousin wiederzusehen. Norbert war schlank, blass und trug eine Brille mit dünnem Drahtgestell. In seinem Poloshirt und den Jeans sah er noch sehr jung und sportlich aus. Das Einzige, was ihn als Bauer und nicht als Lehrer identifizierte, waren seine großen Hände, die für seine Statur viel zu massig waren. Er kam lächelnd auf sie zu, und als er Andreas' Mutter von Nahem sah, konnte man ihm ansehen, dass er sein Lächeln nur mit Mühe aufrechterhalten konnte. Andreas bemerkte es, seine Mutter bemerkte es und schämte sich sogleich für ihr Aussehen. Norbert war gerade mal zwei Jahre jünger als sie, doch wenn man sie jetzt zusammen sah, hätte man den Altersunterschied auf fast fünfzehn Jahre geschätzt. Norbert umarmte Andreas' Mutter.

„Hallo, Iris! Schön, dich zu sehen!"

„Hallo!", sagte sie verlegen. Norbert drehte sich zu Andreas, der mit auf den Boden gerichtetem Blick und vorgestreckter Stirn vor ihm stand, als wolle er ihn rammen. Der Junge wollte ihn nicht ansehen. Also würde es auch zwecklos sein, ihm die Hand zu reichen. Da wusste Norbert, dass es keine gute Idee gewesen war, auf Iris' Bitte einzugehen. Er hatte sich etwas Hilfe von einem jungen Mann erwartet, die er dringend gebrauchen konnte auf seinem Hof. Eine zusätzliche Arbeitskraft in der Weizenernte. Doch Andreas trug eine Aura von Lustlosigkeit und Desinteresse wie einen Kokon mit sich herum. Und da war noch etwas. Aggressivität. Er schwitzte sie förmlich aus. Sie glitzerte auf seiner Stirn, die er wie ein Stier in der Arena auf Norbert gerichtet hatte.

„Na, dann lasst uns mal fahren! Ich steh gleich da vorne!" Er deutete auf einen großen schwarzen staubigen Jeep mit chromfarbenen Stoßfängern. Zum ersten Mal schienen sich Andreas' Gesichtszüge aus ihrer Starre zu lösen, und sein Blick wurde klarer. *Wenigstens der Jeep gefällt ihm*, dachte Norbert, und sie setzten sich alle drei in den Wagen.

Die Fahrt mit dem Jeep dauerte noch mal zwanzig Minuten. Sie fuhren über Landstraßen, die nach jedem Abbiegen immer kleiner wurden, bis schließlich sogar der Mittelstreifen verschwand und die Fahrbahn nur noch so breit war, dass auch wirklich nur ein einziges Auto darauf hätte fahren können. Übelkeit überkam Andreas. Er wusste nicht, ob das noch die Auswirkungen von gestern Nacht waren oder ob diese Gegend hier ihn so deprimierte, dass es ihm auf den Magen schlug. Norbert unterhielt sich mit Iris, zeigte ihr andere Höfe seiner Freunde hier im Umkreis und blickte sie immer wieder über den Rückspiegel an. Andreas, der auf dem Beifahrersitz saß, sagte die gesamte Fahrt über kein Wort. Er starrte nur auf die weite nichtssagende Landschaft. Das hier war das Ende der Welt. Das ödeste, langweiligste Ende, das man sich vorstellen konnte.

Norbert setzte den Blinker und bog in eine kleine Einfahrt ein, die brückenartig über einen Entwässerungsgraben führte. Sie hielten mitten auf dem Hof.

„So, da wären wir!", sagte Norbert fast ein bisschen stolz.

Andreas stieg aus und sah sich um. Er konnte nicht glauben, in was für einem verdammten Albtraum er gelandet war. Es stank erbärmlich. Überall lagen Dreck, Mist und Pferdeäpfel herum. Man konnte nicht einen Schritt machen, ohne in irgendeinen Haufen zu treten.

Links stand das Wohnhaus in rotem Klinker und Tüllgardinen in den Fenstern. Über dem Eingang war ein kleines Vordach aus Plexiglas, das auf der rechten Seite einen Sprung hatte. Der Riss, der aussah wie ein zweiarmiger Fluss, glänzte silbern in der Sonne. Rechts vom Haus mündete ein kleiner gepflasterter Weg in den Innenhof, der nach hinten in den Garten führte. Fünfzehn Meter hohe Pappeln rahmten das Grundstück hinter dem Haus ein und grenzten es gegen das Feld ab, das sich gleich dahinter anschloss. Der Weg aufs Feld war von tiefen Furchen durchzogen, die die Traktorräder gegraben hatten. Der Schweinestall, aus dem man hin und wieder das Grunzen einer Sau hörte, war ein kleineres, flaches Gebäude, das länglich an der hinteren linken Seite des Hofes stand. Geradezu verlief der Kuhstall auf der gesamten Breite des Hofes. Eine große Schiebetür war halb geöffnet, und dahinter war nur ein dumpfer Schatten zu erkennen, der den Stall anfüllte wie eine schmutzige Flüssigkeit. Heu raschelte und Ketten klirrten. Ein struppiger, an der Schnauze und am Hals schon grau gezeichneter Hund trottete müde aus dem Schatten, blieb stehen, schnüffelte in Richtung der Neuankömmlinge und legte sich dann erschöpft in den Schatten des Hauses. Dabei bemerkte Andreas, wie eine Gardine in einem der Fenster zurückgezogen wurde und eine schemenhafte Gestalt ihn beobachtete. Rechts, vor einem weiteren Stall, parkte ein Pferdewagen mit Kutschbock und zwei überdachten Sitzreihen auf dem Wagen. Und direkt neben Andreas in einem Wellblechschuppen von der Größe eines halben Tennisplatzes standen diverse landwirtschaftliche Geräte und Anhänger, mit denen Andreas nichts anfangen konnte, drei Fahrräder, ein roter Mähdrescher und ein grüner Trecker. Beide Fahrzeuge wirkten wie roboterartige Raubtiere, die dort im Halbdunkel bewegungslos ihre Beute beobachteten, um sie dann mit ihren riesigen Fängen aus Stahl zu zerreißen.

Andreas warf die Autotür zu, an der er sich festgehalten hatte wie an einem rettenden Ast, um nicht in einem Sumpf zu versinken.

„Schön!", sagte seine Mutter hinter ihm. Norbert deutete mit einer ausladenden Armbewegung auf das Wohnhaus.

„Gehen wir erst mal rein! Ich zeig euch später alles!"

Iris folgte Norbert, und Andreas trottete ebenso müde wie der Hund vorhin hinter den beiden her. Auf der Eingangsstufe und im Flur lagen vertrocknete Bröckchen Erde herum. Der Flur sowie das daran angrenzende Wohn- und Esszimmer waren mit weißen Fliesen ausgelegt. Eine Holztreppe führte links in die obere Etage. Rechts gab es zwei Türen. Eine für das Bad und eine für die Küche.

„Anna! Wir sind da!", rief Norbert ins Haus hinein.

„Ich komme!", hörte man Anna hinter der Küchentür sagen. Die Tür wurde geöffnet, und ein schmächtiges Mädchen mit nackten Füßen drückte sich schüchtern gegen den Türrahmen. Ihre langen, glatten Haare hatten sich über ihre Schultern gefächert. Ihr Pony war ein wenig zu lang, und jedes Mal wenn sie zwinkerte, tanzten die Haare auf ihren Wimpern. Sie trug ein gelbes T-Shirt und weiße Bermudashorts. Einen Arm hatte sie um ihren Bauch gelegt, der andere hing kraftlos an ihrer Seite herab.

„Das ist Anna, meine Tochter! Und das sind Iris und Andreas!", sagte Norbert.

„AC!"

„Bitte?"

„Nun hör doch auf mit dem Quatsch!", sagte Iris.

„Ich heiße AC!", beharrte Andreas.

„So nennen ihn seine Freunde bei uns im Viertel", erklärte Iris.

„Dann halt AC!", meinte Norbert.

Anna gab erst Iris und anschließend Andreas die Hand.

„Hallo, AC!", sagte sie fast gehorsam. Andreas nickte ihr nur zu.

„Ist das Essen fertig?", fragte Norbert, und Anna ging sofort zurück in die Küche.

„Muss nur noch die Kartoffeln fertig pellen!", sagte Anna.

Andreas konnte nicht glauben, dass das kleine Mädchen das Mittagessen allein gemacht hatte. Er spähte in die Küche, doch außer Anna war tatsächlich sonst niemand mehr da.

Sie setzten sich an den Tisch im Esszimmer, und Anna kam aus einer zweiten Tür aus der Küche und servierte einen Teller mit Schnitzeln. Betreten blickte Iris auf die panierten Fleischstücke. Das gleiche Essen hatte sie Andreas gestern gekocht und wieder weggeschmissen. Anna kam mit einem Topf voll dampfender Kartoffeln zurück und holte schließlich noch einen weiteren Topf mit Rosenkohl.

„Ja, dann guten Appetit!“, sagte Norbert und reichte Iris den Schnitzelteller. Iris nahm ein Stück, das sie aber nur zur Hälfte essen konnte. Andreas hatte seine Übelkeit immer noch nicht überwunden. Er nahm viel weniger, als er normalerweise gegessen hätte, musste aber zugeben, dass es schmeckte. Es schmeckte wirklich.

Während des Essens wurde kaum geredet. Norbert aß schnell und viel, und Anna aß wenig und langsam. Ihre Augen blieben ständig hinter ihrem Pony versteckt. Als Norbert fertig war, schaute er auf die Uhr.

„Tja, leider muss ich wieder los! Ist eben ein ganz normaler Arbeitstag für mich!“, sagte er und stand auf.

„Anna zeigt euch eure Zimmer, und wir sehen uns heute Abend.“

„Danke, Norbert!“, sagte Iris, und sie klang so dankbar, als hätte er sie und Andreas als Kriegsflüchtlinge aufgenommen.

Anna räumte den Tisch ab, und Iris half ihr dabei. Andreas blieb einfach nur sitzen und sah sich im Wohnzimmer um. Eine braune kunstlederne Couch diente als Raumteiler zwischen Wohnzimmer und Esszimmer. Eine schwarze Schrankwand füllte die gesamte rechte Wand aus. In ihr standen einige Bücher und Fotos von Anna und ein großer, massiver Fernseher. In zwei Glasvitrinen standen Sekt- und Wassergläser. Auf einem schwarzen kniehohen Tisch vor der Couch lagen einige Zeitschriften, eine Fernbedienung und ein abgebissenes Gummispielzeug für den Hund. Die vordere und linke Wand waren komplett verglast, und eine Tür mit Fliegengitter führte hinaus auf die Terrasse. Eine ausgezogene blaue Markise warf einen harten Schatten auf einige Gartenmöbel und einen kleinen Rundgrill. Auf dem Rasen lagen ein kaputter Plastikball und ein alter löchriger Schuh für den Hund, und in einer Ecke stand ein Apfelbaum, unter dem sich ein kleiner quadratischer Sandkasten befand. Darin lagen nur noch Blätter und ein paar abgebrochene Zweige, aber kein Spielzeug. Er wurde sicher schon seit Jahren nicht mehr genutzt.

Natürlich waren das Haus und das Grundstück riesengroß im Vergleich zu ihrer kleinen Dreizimmerwohnung. Dennoch konnte Andreas sich nicht vorstellen hierzubleiben. Das Haus stand mitten im Nichts. Eine kleine Festung in einer verlassenen, leblosen Gegend. Ein Friedhof ohne Grabsteine, so kam es Andreas vor. Hier draußen konnte man doch nur noch krepieren, und es würde keinem auffallen. Ein, zwei Tage würde er das Spielchen mitmachen, und dann würde er von hier abhauen. Sich irgendwo ein Motorrad klauen und zurück nach Berlin fahren. Vielleicht konnte er ja eine Weile bei Busta bleiben. Hier jedenfalls würde er nicht mal seine Tasche auspacken.

6. Kapitel

Anna zeigte Andreas sein Zimmer, das ungefähr doppelt so groß war wie seins zu Hause. Es war ein nüchterner und unbewohnter Raum mit einem Bett, einem Kleiderschrank und einem alten Küchentisch, der jetzt als Schreibtisch vor dem Fenster stand. An der Wand hing ein Bild von Macke, wie man es in jedem Möbeldiscounter für fünf Euro erstehen konnte.

Andreas hatte keine Ahnung, wie er die Zeit bis heute Abend rumkriegen sollte. Und nicht nur die Zeit bis heute Abend, sondern auch die bis morgen früh und den ganzen morgigen Tag über. Wie ein immer schwerer werdendes Gewicht lastete dieser Gedanke auf seinem Brustkorb. Um bloß nicht noch länger darüber nachzudenken, legte er sich einfach aufs Bett und versuchte zu schlafen.

Um halb sieben klopfte es an der Tür, und seine Mutter rief ihn nach unten. Der Abendbrottisch war bereits gedeckt. Anna legte jedem noch eine Serviette hin und verschwand wieder in der Küche. Andreas riskierte einen kurzen Blick in die Küche. Anna wischte die Arbeitsplatte mit einem Lappen ab, und seine Mutter schnitt ungeschickt Brot mit einer Brotmaschine. *Sie wird sich noch die Finger absäbeln*, dachte Andreas, *und dann muss ich wieder mit ihr nach Hause, weil sie mit nur sieben Fingern nicht allein klarkommt im Haushalt*. Das war die absolute Horrorvorstellung. Er sah sich schon in der Küche stehen und das Essen zubereiten und kleinschneiden, während seine Mutter wehleidig mit ihren Fingerstummeln in einem dicken Verband auf der Couch saß und fernsah. Er konnte nicht mehr hinsehen, wandte sich ab und setzte sich schnell an den Tisch. Er wartete auf einen Schrei, aber es kam keiner.

Anna und Iris setzten sich zu ihm, und Anna erklärte, dass ihr Vater später komme, weil es Probleme mit dem Trecker gäbe.

Norbert kam eine Stunde später und duschte erst, bevor er sich an den Tisch setzte. Anna, Iris und Andreas hatten die ganze Zeit am Esstisch gewartet. Um die peinliche Stille in dieser nicht enden wollenden Stunde zu unterbrechen, hatte seine Mutter Anna immer wieder Fragen gestellt, die das Mädchen einsilbig beantwortete.

„Und wie alt bist du jetzt?"

„Dreizehn!"

Stille.

„Und wo gehst du zur Schule?"

„In Tangermünde!"

Stille.

„Fährst du mit dem Fahrrad?"

„Nein, mit dem Bus!"

Und wieder Stille. Andreas dachte, er müsste aufspringen und irgendetwas tun, irgendeine Aktion, eine Handlung, um nicht länger diesem grausamen Frage-Antwort-Spiel zuhören zu müssen. Und als Norbert endlich da war, wurde es nicht besser, denn nun durften die drei ihm beim Essen zugucken und – was noch viel schlimmer war – zuhören. Es war so still, dass man ihn schmatzen hören konnte. Jeden einzelnen Bissen hörte man. Andreas hatte sich noch nie so sehr nach einer Zigarette gesehnt. Er wusste, dass es nicht höflich war und so, aber trotzdem konnte er nicht anders, holte sich eine heraus und steckte sie an. Noch bevor er den Filter zum Mund führen konnte, fuhr der kräftige Zeigefinger von Norbert auf ihn zu.

„Nicht hier drin! Du kannst rauchen, aber nicht hier drin!"

Das war seine Rettung. Er sprang auf und ging nach draußen in die lauwarme Abendluft, die im Hof stand. Noch im Rausgehen hörte er Norbert fragen: „Lässt du ihn rauchen?"

„Ich kann nichts dagegen machen!", sagte seine Mutter verzweifelt.

Andreas nahm einen langen Zug und schloss dabei die Augen. Und dann fiel es ihm siedend heiß ein, dass er nur noch anderthalb Schachteln hatte, und in dieser Scheißgegend gab es keinen Laden oder Automaten weit und breit. *Ohne Zigaretten drehe ich hier ab.* Wenn er sich Mühe gab, reichten sie gerade mal bis morgen Abend. Also blieb ihm nichts anderes übrig, als morgen mit zum Bus zu fahren, um seine Mutter wegzubringen, obwohl er das eigentlich hatte vermeiden wollen. Eine Abschiedsszene mit ihm und seiner Mutter vor Zuschauern war das Letzte, was er gebrauchen konnte. Da wäre er lieber in dem verdammten Zimmer da oben geblieben. Dieses Zimmer war Zuflucht und Gefängnis zugleich. Wenn er unten im Esszimmer saß, wollte er wieder nach oben. Und wenn er oben war, wollte er wieder raus. Er hatte hier die absolute Arschkarte gezogen.

Plötzlich spürte er etwas an seiner Wade, einen Druck, etwas Lebendiges rieb sich an ihm. Andreas sprang zur Seite. Der alte Hund stand müde mit dem Schwanz wedelnd da und hielt Andreas' Reaktion für ein Spiel. Nur war er zu alt, um spielen zu können. Aber er sah so als, als freue er sich trotzdem.

„Mann! Verpiss dich, du Scheißköter!!"

Wieder wedelte er mit dem Schwanz.

„Hau ab!! Los!!" Andreas fuchtelte mit einem Arm herum. Der Hund verstand ihn nicht und kam einfach mal näher. Andreas machte zwei Schritte zurück.

„Bist du taub, oder was!?" Andreas bemerkte einen Schatten am Küchenfenster, der aber sofort wieder verschwand, als er hinsah. Er machte einen Bogen um den Hund und ging näher ans Fenster. Anna stand an der Spüle und wusch ab. Das Licht aus dem Esszimmer im Hintergrund ließ ihre Umrisse ganz faserig erscheinen. Ein schwächeres Licht über dem Herd beleuchtete sie gerade so, dass Andreas ihre weiße Haut schimmern sehen konnte. Sie sah so zart und zerbrechlich aus, als sei sie aus Porzellan oder so was, und wenn sie sich irgendwo stieß, würde sie zerspringen wie einer der Teller, die sie gerade abwusch, dachte Andreas. Sie war klein für ihre dreizehn Jahre. Andreas kannte ein paar Dreizehnjährige aus der Schule, die fast einen Kopf größer waren. Und nicht nur größer, sondern auch ... Andreas suchte nach dem richtigen Wort ... sondern auch ... stabiler. Er warf seine Zigarette auf den Boden und ging wieder hinein. Norbert und seine Mutter saßen noch am Esstisch und unterhielten sich. Er warf ihnen nur einen kurzen Seitenblick zu und lief gleich nach oben in sein Zimmer. Er drehte den Schlüssel im Schloss herum und hoffte, dass man dieses akustische Signal unten hören konnte.

7. Kapitel

Wenn er wenigstens einen Fernseher auf dem Zimmer gehabt hätte, wäre das schon das Paradies gewesen. Aber stattdessen konnte er nur die nackten Wände anglotzen. Irgendwann war Anna hochgekommen, hatte sich im Bad die Zähne geputzt und war dann in ihrem Zimmer verschwunden. Norbert und Iris saßen immer noch unten und unterhielten sich. Er konnte nicht verstehen, was sie sagten, nicht mal, wenn er ganz dicht an die Tür ging, aber am Tonfall und der geringen Lautstärke erkannte er, dass es um ihn ging. Seine Mutter jammerte Norbert die Ohren voll, und der brummte ab und zu tröstend ein paar Worte dazwischen. Andreas horchte auch an der Wand zu Annas Zimmer, aber da drüben war es still wie in einem Kloster.

Frustriert ließ sich Andreas auf sein Bett fallen. *Wahrscheinlich sterbe ich noch diese Nacht an dieser stinkenden Luft hier und diesem verdammten Zimmer, in dem ich gefangen bin.* Da fielen ihm wieder die Fotos auf seinem Handy ein, und er schnellte hoch und blickte lächelnd auf das Display. Nur ein paar Tasten musste er drücken, und schon war er wieder zu Hause in der Nacht, die ihm jetzt schon zwei Wochen entfernt vorkam, obwohl erst vierundzwanzig Stunden vergangen waren. *Wow, Alter! Erst 'n Auto geklaut, dann 'n cooles Feuer gelegt, und dann bin ich vor den Bullen abgehauen! Zu Fuß und die mit dem Auto hinter mir her! Wie im Film, Alter! Das war die obercoole Nacht!* Er musste sogar laut lachen, als er sich an Pocket erinnerte, wie panisch er hinten gesessen hatte, als der Streifenwagen neben ihnen aufgetaucht war.

Andreas hatte keine Ahnung, wohin seine Freunde geflüchtet waren. Und ob nicht vielleicht einer von ihnen doch noch erwischt worden war. Bei diesem Gedanken stieg wieder die Hitze in seinen Kopf. Vielleicht hatten sie Pocket gekriegt, und er hatte auf dem Revier gequatscht! Er war nicht abgebrüht genug, um die Bullen anzulügen. Wenn ihn jemals jemand beim Klauen erwischt hätte, hätte er sofort alles zugegeben. Aber das war nie passiert. Andreas musste sich einfach Gewissheit verschaffen. Auch wenn er sich lächerlich machte vor Busta, was seinen jetzigen Aufenthalt betraf.

Er drückte Bustas Nummer und hörte es lange tuten.

„Ja?", hörte er Busta sagen, und es rauschte und knackte in der Leitung.

„Ich bin's!"

„Das weiß ich auch! Wo bist du, verdammt?"

„Irgendwo auf'm Land! Meine Mutter hat voll den Stress gemacht in der Nacht und mich zu meinem Onkel geschickt!", sagte Andreas.

„Wie, auf'm Land?"

„Mein Onkel hat 'n Bauernhof hier!"

„Scheiße, Mann! Du bist auf'm Bauernhof? Wann kommst'n wieder?"

„Weiß nich! Meine Mutter will, dass ich sechs Wochen hierbleibe, aber ohne mich, Alter!"

„Wie is die denn drauf? Du kommst doch erst grad aus'm Knast!"

„Sie hat mitgekriegt, dass ich wieder was angezündet hab! Wie lief's denn bei euch? Die haben mich durch den ganzen Park verfolgt, und ich bin voll knapp noch in 'ne S-Bahn rein!"

„Stand heute sogar inner Zeitung! Aber die ham uns nich gekriegt! War'n ja nur hinter dir her! Alter, du bist so ein Idiot!", fluchte Busta, aber Andreas konnte hören, dass er dabei lächelte.

„War doch nur 'n kleines Feuer!", grinste Andreas.

„Um ein Haar wären wir am Arsch gewesen, Mann! Wo is 'n der Bauernhof?"

„Keine Ahnung! Das letzte Kaff hieß Jerichow, oder so! Irgendwo ..." Andreas hatte nicht die geringste Ahnung, wo er sich geographisch befand. Es hätte im Norden, Süden, Osten, oder Westen von Berlin sein können. Er war völlig orientierungslos. Er fühlte sich, als hätte man ihn entführt und nachts mitten auf dem Meer über Bord geworfen. Er trieb unter Wasser dahin. Über ihm war es schwarz, unter ihm war es schwarz. Eigentlich konnte er „oben" und „unten" nicht mehr unterscheiden. Alles war gleich. Und er war nur ein winziger Körper, der im Nichts schwebte. Schlagartig kehrte die Übelkeit zurück. Fast hätte er würgen müssen. Er schluckte dagegen an und wischte sich den kalten Schweiß von der Stirn.

„Ich muss hier weg! Spätestens morgen hau ich ab!"

„Das will ich hoffen, Alter!"

Sie verabschiedeten sich, obwohl Andreas am liebsten die ganze Nacht mit Busta telefoniert hätte. Busta hätte auch einfach nur das Handy auf den Tisch legen können, und Andreas hätte seins neben sich auf das Bett gelegt und den Geräuschen in Bustas Wohnung gelauscht. Fernsehen, Straßenlärm, Stimmen, einfach das Leben hören. Hören hätte ihm doch schon gereicht. Hier hörte er einfach nichts. Ein Vakuum umgab ihn. Er lag auf dem Bett einer ton- und geräuschlosen Gefängniszelle. *Ich werde verrückt*, dachte er. *Hier drehe ich durch. Noch diese Nacht!*

8. Kapitel

Um kurz nach acht am nächsten Morgen fuhren Andreas, Norbert und Iris zu der Bushaltestelle am Kloster. Andreas war froh, seine Mutter endlich los zu sein. Er hasste sie dafür, dass sie ihn in dieses gottverlassene Kaff gezwungen hatte und ihn hier allein ließ.

Sie standen alle drei an der Haltestelle. Der Bus kam in Sichtweite, und seine Mutter stellte sich vor ihn. Jetzt kam das, was Andreas befürchtet hatte. Die Verabschiedung. Er blickte auf den Boden. Seine Mutter suchte nach Worten, wusste aber wohl nicht, was sie sagen sollte, denn es dauerte eine Ewigkeit. Dann rollte der Bus näher.

„Hier, damit du zurechtkommst!", sagte Iris und drückte Andreas einen Schein in die Hand. Es waren hundert Euro.

„Mach's gut! Ich ruf an!" Ohne eine Umarmung, auf die sie vielleicht gehofft hatte, stieg sie ein. Sie setzte sich auf einen Platz am Fenster und winkte. Andreas konnte sich nicht überwinden zurückzuwinken. Nein, winken konnte er nicht. Schon gar nicht vor Norbert, der seitlich versetzt hinter ihm stand. Andreas hielt das Geld fest in seiner Faust, und der Bus fuhr ab. Sie war weg. Und er war allein. Ganz allein unter Fremden in einer fremden Gegend. Und obwohl er diese Wut auf seine Mutter verspürte, war er traurig, dass sie fuhr. Sie war das Einzige, das zu ihm gehörte, das Einzige, das noch ein Teil seiner Heimat gewesen war.

„Na komm, wir fahren!", sagte Norbert und ging zum Wagen.

Andreas folgte ihm. Er fühlte sich plötzlich, als hätte er einen Kater. Es waren aber keine Kopfschmerzen. Ihm war irgendwie flau, so wie eine Restübelkeit nach einer durchsoffenen Nacht.

Auf der Rückfahrt kamen sie an einem Kiosk vorbei. Andreas sah das Toto-Lotto-Schild über der Tür.

„Halt ma an!", sagte Andreas, und Norbert fuhr rechts ran. Andreas stieg einfach aus und verschwand in dem Laden.

Im Innern war es dunkel, und es roch nach Zigarrenqualm und alten Zeitschriften. Die vielen Regale waren bis unter die Decke vollgestopft. Andreas zwängte sich durch den engen Gang zum Tresen, wo ein dicker alter Mann mit Hornbrille und ergrautem Schnauzer in der Tageszeitung las. Er senkte den Kopf, und seine Augen schauten über den Rand des Brillengestells hinweg.

„Morgen!", sagte Andreas.

„Morgen!", grunzte der Kerl. Seine Stimme war vom Zigarrenrauchen völlig entstellt.

„Fünf Marlboro! Und ..." Andreas dachte an die nächste Nacht und was ihm helfen könnte, diese durchzustehen, „... und den Flachmann hier!" Andreas stellte eine Flasche Schnaps auf den Tresen. Der Mann bewegte sich nicht und sah ihn nur an.

„Wie alt bist 'n du?"

„Achtzehn!"

„Glaub ich nicht!" Andreas sah ihn entgeistert an. Solche Schwierigkeiten hatte ihm schon lange keiner mehr gemacht.

„Ich bin achtzehn!" Andreas legte ihm einen gefälschten Schülerausweis hin, den der Alte kurz in Augenschein nahm.

„Ja, ja, schon gut!", grollte er und drehte sich um, um die Zigaretten aus dem Regal zu holen. Links auf dem Tresen stand ein kleines Plastiktreppchen, auf dem Sturmfeuerzeuge arrangiert waren. Andreas blickte zum Ladenbesitzer, der die dritte Schachtel herauspulte, und wieder zu den Feuerzeugen. Mit Daumen und Zeigefinger griff er sich vorsichtig ein Feuerzeug, um nicht alle umzuschmeißen, und ließ es in seiner Jackentasche verschwinden. Er lächelte den Mann aufgesetzt an, als der sich wieder zu ihm umdrehte. Die Schachteln purzelten aus seinen dicken gelben Händen auf den Tresen, und dann hämmerte er auf den Tasten der Kasse herum.

„Die Zigaretten, ein Flachmann und ... ein Feuerzeug."

Andreas' Kopf schnellte hoch. Der Mann blickte ihn wieder über seine Brillengläser hinweg an. Ein starrer, kalter Blick, ohne zu zwinkern. Andreas spürte heißen Schweiß an seinem Haaransatz ausbrechen.

„Welches Feuerzeug?"

„Das du dir in die Tasche gesteckt hast!"

„Ich hab kein Feuerzeug!"

Der Mann schnaufte wie ein Walross. „Es gibt drei Möglichkeiten für dich. Entweder du bezahlst alles, oder du gibst das Feuerzeug zurück und bezahlst nur die Zigaretten und den Flachmann. Die dritte Möglichkeit ist, ich nehm dir das Feuerzeug, das du stehlen wolltest, wieder ab. Und glaub mir, das willst du bestimmt nicht." Andreas war überrascht, einen so aggressiven Ton von irgend so einem fetten Kioskbesitzer zu hören.

„Ich hab nichts geklaut!"

Der Mann sah unaufgeregt aus dem Fenster.

„Bist du mit dem Wagen gekommen?"

„Ja, ich ... der gehört meinem Onkel!" Andreas wollte ihm noch den Namen nennen, doch da fiel ihm ein, dass er nicht mal Norberts Nachnamen kannte.

„Wir gehen raus!" Der Mann kam um den Tresen herum und bewegte sich mit seinem fülligen Körper geschickter, als Andreas es vermutet hätte. Sie verließen den Kiosk und gingen auf das Auto zu. Die Fahrertür wurde geöffnet, und Norbert stieg aus.

„Morgen, Benno!", rief Norbert. Andreas' Schultern fielen kraftlos herunter. Die beiden kannten sich auch noch. So viel Pech konnte man doch gar nicht haben. Er überlegte, das Feuerzeug einfach wegzuwerfen, doch auch wenn es keiner der beiden Männer sah, würde man es doch hören, wenn das Metallgehäuse auf den Boden fiel. Andreas saß in der Falle. Es gab keinen Fluchtweg mehr.

„Morgen, Norbert! Ist das dein Neffe?"

„Ja, wird ein paar Wochen bei mir wohnen!"

„Hat 'n Feuerzeug mitgehen lassen!"

„Bitte!?“ Norberts Gesichtszüge fielen herunter, als hätte man die Nerven gekappt.

„Stimmt das?“, fragte Norbert nach.

Was hätte Andreas tun sollen? Weglaufen ging nicht. Wohin auch? Leugnen? Der fette Kerl würde ihn auf den Kopf stellen, vermutete er. Und er sah kräftig aus. Andreas kniff seine Lippen zusammen und holte das Feuerzeug heraus. Es blinkte im Sonnenlicht. Norbert kam auf ihn zu.

„Warum hast du das gemacht?“ Andreas wusste keine Antwort. Zumindest keine, die plausibel gewesen wäre. Er zuckte mit den Schultern.

„Benno, das tut mir leid! Er wird das natürlich bezahlen!“, sagte Norbert. Die ganze Sache war ihm höllisch peinlich.

„Ist gut! Drinnen liegen noch ein paar Sachen!“

Sie gingen alle drei in den Laden. Benno quetschte sich wieder hinter die Kasse. Als Norbert den Flachmann sah, wurde er rot im Gesicht und blinzelte wütend.

„Das bleibt hier! So, du bezahlst jetzt die Zigaretten und das Feuerzeug und entschuldigst dich!“, forderte er.

„Was soll ich?“, sagte Andreas störrisch.

„Dich entschuldigen!“

„Nä!“

„Benno kann auch einfach die Polizei rufen, wenn dir das lieber ist!“, sagte Norbert. Andreas hasste es, aufgeben zu müssen.

„Tschuldigung!“ Er würgte das Wort förmlich heraus, wie einen Bissen verdorbenes Fleisch, und legte das Geld auf den Tresen.

„Hundert Euro“, sagte Benno, „und klaut ein Feuerzeug für dreifünfzig! Nicht die Schlauesten, diese Stadtjungs.“ Er gab Andreas das Wechselgeld.

„Danke, Benno! Tut mir wirklich leid! Passiert nicht wieder!“, entschuldigte sich Norbert und ging zur Tür.

„Denk ich auch! Tschüs!“, sagte Benno, und Norbert und Andreas verließen den Laden.

Im Auto schwiegen die beiden, bis sie auf dem Hof anhielten. Norbert stellte den Motor aus und blickte zu Andreas hinüber.

„Wenn du bei mir wohnst ..." Noch bevor Norbert den Satz beenden konnte, war Andreas aus dem Auto ausgestiegen und warf die Tür laut krachend ins Schloss. Er wollte nur noch auf sein Zimmer und nichts mehr hören und sehen von diesen Dorftrotteln und Landeiern, die sich alle kannten und alle zusammenhielten. Er musste jetzt eine rauchen. Ihm war schlecht vor Wut. Aber eine Zigarette würde ihn wieder beruhigen.

9. Kapitel

Norbert ließ Andreas bis zum Mittag in Ruhe. Der Hunger und der gute Essensgeruch trieben Andreas wieder nach unten. Hier unten war es kühler als oben in seinem Zimmer. Die Rollläden vor den Fenstern und die Markise schirmten das Wohnzimmer gegen das Sonnenlicht ab. Die gesamte obere Etage war mit einem dicken beigefarbenen Schlingenteppich ausgelegt, und die Decken waren holzvertäfelt. Die Hitze staute sich unter dem Dach, und in den nicht sehr hohen Zimmern war die Temperatur sicher fünf bis sechs Grad höher als im Erdgeschoss.

Anna hatte ihre Haare zu einem Pferdeschwanz zusammengebunden. Wenn sie sich bewegte und der Zopf hin und her schwang, konnte Andreas einen länglichen, pfeilartigen Schweißfleck auf ihrem Rücken erkennen. In der Küche mit all den dampfenden Töpfen war es sicher heiß wie in einer Sauna. Aber helfen wollte er ihr trotzdem nicht. Damit hätte er sich nur eine Blöße gegeben.

Stumm saß er am Tisch und vermied den Augenkontakt mit Anna. Was kümmerte ihn schon dieses kleine Mädchen. Sie machte das, was sie sonst auch immer machte. Ob Andreas nun da war oder nicht.

Die Tür ging auf, und Norbert kam herein. Er brachte einen warmen Luftzug mit, der nach Mist, Diesel und Schweiß roch. Er zog seine Schuhe im Flur aus und setzte sich zu Andreas an den Tisch.

„Was gibt's denn heute?", fragte er in die Küche.

Anna kam mit einer Pfanne ins Esszimmer.

„Frische Bratwürstchen!", sagte sie brav und legte Norbert eins mit einer Gabel auf den Teller. Andreas tat sie auch eins auf und zuletzt sich selbst. Andreas wartete, bis Norbert Ketchup genommen hatte, und griff dann auch zu der Flasche. Gleichzeitig streckte Anna ihre Hand aus, die sie aber schnell wieder zurückzog.

Sie redeten kein Wort beim Essen. Erst als Norbert seinen Teller geleert und sein Besteck darauf verschränkt hatte, lehnte er sich nach vorne und sah Andreas an. Andreas aß stoisch weiter.

„So, da wir ja irgendwie zusammen klarkommen müssen, wollte ich einfach mal sagen, wie ich mir den Ablauf hier vorstelle“, begann er.

„Wir haben hier viel Arbeit und einen strengen Tagesablauf! Jeder muss mit anpacken, damit alles funktioniert! Und du bist jetzt ein Teil des Teams, und ich werde dir ein paar Aufgaben zuteilen!“ Andreas legte laut klirrend sein Besteck hin. Das konnte es ja wohl nicht sein, dass er hier auch noch arbeiten sollte. Eigentlich wollte er Norbert und diesen ganzen verdammten Hof und Anna und die verdammte Gegend hier ignorieren. Aber arbeiten? Er? Für Norbert?

„Das ist doch kein Arbeitslager hier! Ich arbeite doch nich, Alter! Nich eine Minute! Mach deinen Scheiß allein, ey! Ohne mich!“

Anna bekam Angst, dass jetzt ein Streit zwischen ihnen ausbrach. So hatte sie noch nie jemanden mit ihrem Vater reden hören.

„Ich versteh deinen Ärger und auch, dass du dir das hier anders vorgestellt hast. Aber hier ist jeder auf den anderen angewiesen, wie ich schon sagte, ein Team ...“

„Scheiß auf dein Team, Alter! Lass mich in Ruhe!“ Andreas schubste seinen Teller in die Mitte des Tisches. Norbert erhob erneut seine Stimme, und anstatt nun laut zu werden und Andreas wegen seiner respektlosen Art anzuschreien, wie Anna es erwartet hatte, senkte er seine Stimme und sprach ganz langsam und ruhig weiter.

„Ich werde dir ein paar Aufgaben zuteilen, die du bitte erledigen sollst. Und wie jeden anderen Arbeiter hier auf dem Hof werde ich dich dafür bezahlen.“

Andreas sah das erste Mal auf. Damit hatte er nicht gerechnet. Der Gedanke an Geld drosselte seine Wut so weit herunter, dass er jetzt wenigstens zuhörte.

„Ich bezahle dir acht Euro die Stunde. Das ist ein guter Lohn. Viel Geld für einen Jungen wie dich. Acht Euro verdienen nicht mal die Angestellten im Supermarkt in Jerichow. Aber ich sage es noch mal: Ich bezahle dich für getane Arbeit! Wenn du hier acht Stunden rumhängst und keinen Finger rührst, gibt's auch kein Geld, kapiert?"

„Ich will dein Geld gar nicht! Kannste behalten, Mann!", sagte Andreas. Anna sah Andreas hilflos an. Sie schien zu betteln, dass er doch auf das Angebot ihres Vaters eingehen möge. Andreas konnte es in ihren Augen sehen: Sie wollte keinen Streit. Alles, nur keinen Streit.

„Wir gehen jetzt erst mal über den Hof, ich zeig dir alles, und du kannst dich mit dem Gedanken anfreunden."

Norbert stand auf, und Andreas sah erneut zu Anna herüber. Er wollte nicht, aber er musste es tun. Ihre Augen glänzten schwarz mit einem Schimmer von Braun. Das Braun war so dunkel, dass man es kaum von dem Schwarz ihrer Iris unterscheiden konnte. Ihre Augenbrauen formten einen perfekten Halbkreis über den langen schwarzen Wimpern, und sie waren so hochgezogen, dass sich ihre schwach gewölbte Stirn in Falten legte. Winzige längliche Falten, die man kaum in ihrer hellen Porzellanhaut erkennen konnte. Aber sie waren da. Und Andreas wusste, was sie bedeuteten. So weit geöffnete Augen und so hohe Augenbrauen waren ein Zeichen für Angst. Er hatte diesen Gesichtsausdruck schon oft bei jüngeren Schülern gesehen, wenn er sie mit seinen Freunden im Schulhof bedrängt hatte. Nur so zum Spaß hatten sie ihnen Angst eingejagt und sich über sie lustig gemacht. Ja, das war es. Sie hatte große Angst.

Andreas folgte Norbert mit lustlosen Schritten über den Hof bis in den Kuhstall. Auf dem welligen Steinfußboden in der Mitte lag Stroh, das unter ihren Füßen raschelte. Links und rechts standen die Kühe etwas abgesenkt, und sie blickten Andreas mit ihren großen weißen Augen aus dem Halbdunkel des Stalls heraus an. Wie fremde Wesen, wie außerirdische Ungetüme musterten sie ihn und schienen ihn abzuschätzen, ob er eine Gefahr für ihre Gruppe war oder nicht. Ihre massigen und knochigen Körper standen wie Felsbrocken im Stroh. Unverrückbar und tonnenschwer. In dem flach zulaufenden Gebälk hingen schmutzige Spinnweben wie verbrannte Stofffetzen, eine faserige Asche, die auch an den blinden Fenstern klebte, die ins Dach eingelassen waren. Sie allein schienen den großen Raum zu verdunkeln. Alles Licht wurde von diesen Spinnweben geschluckt. Erst jetzt bemerkte Andreas Anna, die lautlos zu ihnen gestoßen war und kaum einen Meter hinter ihm stand.

„So, wir haben zwanzig Milchkühe hier rechts. Links stehen die Jungtiere. Hier vorn ...", Norbert deutete auf die Mulden links und rechts, „... kommt das Futter rein. Futter ist gleich hier links gelagert." Andreas folgte Norberts Armbewegungen nur mit den Augen. Sein Kopf deutete immer stur geradeaus.

Norbert ging rechts auf die Hinterseite der Kühe. Andreas und Anna folgten ihm.

„Hier ist die Box mit den Kälbchen. Die bekommen natürlich nur Milch. Aber aus der Flasche, damit sich die Euter nicht entzünden!"

In einer hüfthohen Holzbox mit fünf Abteilen befanden sich zwei Kälbchen, die aufgeregt auf der Stelle traten. Anna streichelte sie zwischen den Augen, und sie beruhigten sich wieder.

„Ja, hier sind die Schaufeln und eine Schubkarre. Der Stall muss jeden Tag ausgemistet werden."

Andreas blickte auf die großen Kuhfladen, die dort überall herumlagen.

„Ich mach doch die Scheiße hier nicht weg, Alter! Vergiss es! Ich bin doch nicht dein Sklave!"

Norbert ignorierte Andreas' Äußerungen und sprach einfach weiter.

„Du musst auf die Schwänze der Kühe Acht geben! Ehe man sich versieht, hat man so 'n Ding im Gesicht! Zwiebelt ganz schön! Und jetzt gehen wir zu den Schweinen!"

Die Tür zum Schweinestall war verhältnismäßig klein und bestand aus Metall. Im Innern war es viel heller als im Kuhstall, doch kaum war Andreas über die Türschwelle getreten, schlug ihm dieser Geruch entgegen.

Augenblicklich wirbelte er herum, sprang an Anna vorbei ins Freie und zog sein T-Shirt über die Nase.

„Uohh! Alter! Das geht ja gar nich!"

Anna lachte auf. Ein helles lustiges Lachen. Andreas gefiel dieses Lachen, und er wusste, dass er es mögen würde, Anna zum Lachen zu bringen. Was Anna und Norbert nicht sehen konnten, war: Auch er lachte unter seinem T-Shirt.

„Tja, das riecht 'n bisschen würziger hier drin! Aber da gewöhnt man sich dran!" Norbert schloss die Tür wieder. Andreas hatte nur kurz die kleinen Boxen gesehen, in denen die rosa Schweine mit ihren wackelnden Ohren und Nasen umherwuselten, aber das reichte ihm schon. Mehr musste er gar nicht sehen.

„Und da drüben sind die Pferdeställe. Wir haben zwei Pferde. Trottel und Stinker." Norbert lehnte sich an die Kutsche.

„Im Sommer bieten wir für die Touristen kleine Rundfahrten durch die Gegend an. Da hinten gibt es einen Fluss und einen hübschen See. Zehn Personen können hier maximal mitfahren!"

Immer wieder flogen Schwalben über sie hinweg in den Pferdestall hinein, während Norbert redete.

„Und am interessantesten für Jungs sind wohl die Maschinen! Wir haben den Mähdrescher, der bald zum Einsatz kommen wird, und natürlich den Trecker, ohne den läuft hier gar nichts!"

Andreas sah sich in der großen Garage um. Es gab keine Mofa oder Vespa, mit der er hätte abhauen können. Nur das Auto und die drei Fahrräder. Ein Fahrrad würde ihm hier draußen nichts nützen. ... *Mir fällt schon noch was ein! Irgendwie komme ich hier schon weg! Wenn nicht heute, dann morgen! Und dann könnt ihr euch euren Kuhmist in die Haare schmieren!*

10. Kapitel

In der Nacht kühlte es sich kaum ab. Das Fenster in seinem Zimmer stand immer offen, doch so etwas wie Zugluft wollte nicht entstehen. Die Luft stand dick und schwer im Raum, und Andreas fühlte einen dünnen, klebrigen Schweißfilm auf der Haut. Er hatte vier Zigaretten geraucht und sich jede davon mit seinem neuen Sturmfeuerzeug angezündet. Andreas drehte und wendete es in seiner Hand. Dieses verdammte Ding hätte er auch einfacher bekommen können. Dass er heute von dem fetten Kioskbesitzer erwischt worden war, ärgerte ihn furchtbar. Diese ganze Sache vorhin war ihm immer noch peinlich. Er hatte sich so klein gefühlt und ohne Ausweg. *Ich sollte das verdammte Mistding wegschmeißen! Hat nur Unglück gebracht! Oder verbrennen, bis es explodiert!* Ja, das wäre die schönste Lösung gewesen. Eine wunderschöne kleine Explosion. Das könnte ihn vielleicht besänftigen. Trotz dieses verlockenden Gedankens konnte er sich nicht von dem Feuerzeug trennen. Er steckte es wieder ein und dachte, dass es ihm vielleicht irgendwann noch nützlich werden könnte.

Als Anna morgens um halb fünf die Treppe herunterkam, um das Frühstück zu machen, lag Andreas auf der Couch und sah fern. Es lief die Wiederholung einer Talkshow vom Mittag. Anna stand neben der Couch und sah eine Weile mit fern, bis Andreas sie bemerkte. Sie war vollständig angezogen, trug aber keine Schuhe.

„Was 'n los?!", fragte Andreas erschrocken.

„Ich mach Frühstück!", sagte Anna. Ihre Stimme klang wie dünnes Glas.

„Jetzt!?"

„Ja, is schon halb fünf!"

Andreas hielt das für einen Scherz. Er lächelte unsicher, weil er am wenigsten von Anna einen Scherz erwartet hätte. Doch das Mädchen ging in die Küche und begann, den Tisch zu decken. Dann hörte man die lauten Schritte von Norbert auf der Treppe.

„Morgen!", sagte Norbert.

„Was geht 'n hier ab?", fragte Andreas.

„Frühstückst du mit?"

„Ich geh jetzt ins Bett, Mann!"

„Wie du willst, Hauptsache, du hast bis heute Mittag den Stall ausgemistet und die Kühe gefüttert!"

Andreas stieß verächtlich den Atem aus, schaltete den Fernseher ab und ging nach oben. Er wollte erst mal ausschlafen und nachher alleine frühstücken.

Die Sonne war bereits aufgegangen, und kurze Zeit, nachdem Andreas sich hingelegt hatte, begann auch schon der Krach im Hof. Er versuchte, das Licht und den Lärm zu ignorieren, und konzentrierte sich auf seine Müdigkeit, doch es funktionierte nicht. An so etwas wie Schlaf war jetzt nicht mehr zu denken. Wenn der Trecker über den Hof fuhr, vibrierten sogar die Scheiben. Fluchend setzte Andreas sich in seinem Bett auf und steckte sich eine Zigarette an. Energisch ließ er das Feuerzeug zuschnappen. Es roch nach Benzin. Das war ein guter Geruch.

Er ging zum Fenster und aschte auf die Dachziegel. Unten wurde die Terrassentür geöffnet, und Anna kam mit einer wäschegefüllten Box in den Garten. Sie öffnete eine Wäschespinne, die knarrend ihre Arme ausstreckte, und hängte die nasse Wäsche auf. Andreas drückte seine Zigarette aus und ließ sie in die Dachrinne kullern. Als Anna zu seinem Fenster hochschaute, war er bereits verschwunden. Er ging über den Flur und öffnete die Tür zu Annas Zimmer. Das Erste, was ihm auffiel, waren die leuchtend roten Vorhänge, die in der hellen Sonne den gesamten Raum in ein hellrosa Licht tauchten. Ihr Bett war das gleiche wie seins: ein schlichtes Kiefernholzgestell mit einer Federkernmatratze, weißen Laken und blaukarierter Bettwäsche.

Andreas betrat das Zimmer und blieb in der Mitte des Raumes stehen. Eigentlich wusste er gar nicht, warum er hierhergekommen war oder was er hier suchte. Natürlich hatte es mit Anna zu tun, mit diesem kleinen Mädchen, das er nicht kannte und mit dem er sich nun ein Haus teilte wie mit einer Schwester. Diese Anna. Sie hatte etwas an sich, das ihn verunsicherte. Sie trug einen Schatten mit sich herum, der wie ein dünnes Tuch auf ihrem Kopf lag und bis auf ihre Schultern herabfiel. Wahrscheinlich wollte er sich nur darüber klar werden, was dieser Schatten war.

Ein Kleiderschrank stand hinten rechts in der Ecke. Eine Tür war geöffnet, und Andreas konnte einige Hosen, T-Shirts und Pullover erkennen, die unordentlich in den Fächern lagen. Auf dem Kinderschreibtisch vor dem Fenster lagen ein paar Stifte und Hefte für die Schule. Auf einem kleinen Stapel türmten sich Schulbücher, die Andreas sofort am Einband erkannte. Mathe, Deutsch, Geschichte, Englisch und Religion. Wie er diese verdammten Bücher hasste. Er ging näher zum Tisch und entdeckte eine Schublade, die von der Lehne des Schreibtischstuhls verdeckt wurde. Anna hatte sich unten im Garten auf die Wäschebox gestellt, um die letzten Wäschestücke ganz oben auf die Leine zu hängen. Andreas sah ihr mit einem Auge zu, während er die Schublade öffnete. Darin lagen lose Buntstifte und ein Füller, der bereits einmal ausgelaufen war und einen faserigen blauen Fleck hinterlassen hatte, bunte Büroklammern, ein Stempel, eine angebrochene Kaugummipackung, schwarze Haarbänder, ein Schlüssel, eine kleine Rolle Tesafilm und ein auf dem Bauch liegender Bilderrahmen. Andreas lupfte eine Seite an und lugte darunter, doch es war zu dunkel, als dass er etwas hätte erkennen können. Seine Neugier wollte einfach nicht von ihm lassen, und so nahm er das Bild heraus. Die Schublade war ohnehin unordentlich. Anna würde nicht bemerken, wenn der ganze Kram anders darin lag als zuvor. Er drehte das Bild. Das rote Licht, das durchs Fenster drang, wurde von dem Glas reflektiert. Ein schiefes leuchtendes Rechteck beschrieb einen Bogen an der Decke bis über Andreas' Kopf und traf schließlich sein Gesicht. Er blinzelte, drehte es noch ein wenig weiter, bis das Rechteck auf seiner Brust stehen blieb. Es war ein Foto. Es zeigte Anna auf einem der Pferde, Stinker oder Trottel, Andreas konnte sie nicht auseinanderhalten, bei einem Reitturnier. Anna hatte einen Preis gewonnen. Eine rote Schleife hing am Zaumzeug des Pferdes. Im Hintergrund konnte man unscharf kleine Hindernisse erkennen. Neben der lächelnden Anna, einer Anna, die Andreas so noch nicht gesehen hatte und die irgendwie eine andere Person zu sein schien, nur eben mit Annas Gesicht, standen links ihr Vater und rechts eine Frau, die wohl Annas Mutter sein musste. Auch sie lächelten, und alle drei waren glücklich, das konnte man sehen. Plötzlich hörte Andreas ein langgezogenes Quietschen, ein Geräusch, das so fein war, dass er es nicht orten und auch nicht zuordnen konnte. Erst nach zwei Sekunden wusste er: Es musste die Tür sein, die sich langsam öffnete. Anna war noch im Garten, also konnte es nur Norbert sein, der Andreas hier im Zimmer seiner Tochter dabei erwischte, wie er ihre privaten Sachen durchsuchte. Andreas schnellte herum. Seine Augen blickten ins Leere. Dann senkte er seinen Blick. Der Hund stand mit den Vorderbeinen in der Tür und sah Andreas erwartungsvoll an. Seine ergrauten Haare waren nun rosa gefärbt, was ihn wie ein Spielzeug aussehen ließ.

„Mann!!! Du verdammter, dämlicher Hund!!", rief Andreas und tat so, als trete er nach ihm. Der Hund wedelte mit dem Schwanz und kam zwei Schritte auf ihn zu.

„Hau ab!!! Verpiss dich!! Was bist du für 'n dämliches Vieh, Mann!" Der Hund wedelte erneut und nickte einmal mit dem Kopf.

„Weg!!", rief Andreas noch lauter, und der Hund setzte sich.

„Ich fass es nicht!", sagte Andreas zu sich selbst und verstaute das Bild wieder in der Schublade. Dabei warf er rasch einen Blick in den Garten. Anna war nicht mehr da. Jetzt musste er sich beeilen. Sie konnte jeden Moment hier auftauchen. Andreas lief zur Tür und wäre fast über den Hund gestolpert. Im Flur stehend, drehte er sich um.

„Los, komm raus da!! Na, mach schon!!" Der Hund machte Platz und wedelte mit dem Schwanz.

„Mann, bist du taubstumm, oder was!!? Komm da raus!!" Andreas winkte ihn mit einer hastigen Handbewegung auf den Flur. Der Hund legte den Kopf auf seine Pfoten und wedelte weiter. Andreas verzweifelte fast an dem Tier, bis er endlich die rettende Idee hatte. Er legte das Feuerzeug auf den Teppich im Flur, und tatsächlich erhob sich der Hund schwerfällig, kam heraus und nahm das Feuerzeug zwischen die Zähne. Andreas zog schnell Annas Tür zu und legte seine ausgestreckte Hand unter die Schnauze des Hundes. Brav ließ der das Feuerzeug fallen.

„Na also, geht doch!", sagte Andreas und wischte dann angewidert das nasse Feuerzeug am Teppich ab.

Er und der Hund gingen runter, und als Andreas am Fuße der Treppe angekommen war, fiel ihm dieser Fleck auf der Wand zwischen Küchen- und Badezimmertür auf. Ein rechteckiger Fleck, der eine Nuance heller war als die restliche Tapete. Andreas wusste sofort, wie dieser Fleck entstanden war. Hier hatte einmal das Bild gehangen, das er eben in Annas Zimmer gefunden hatte. Genau hier war sein Platz gewesen. Und nun lag es mit dem Gesicht nach unten in der Schublade des kleinen Mädchens.

11. Kapitel

Auch im Wohnzimmer entdeckte Andreas jetzt mehrere dieser Flecken. Sie sahen aus wie weiße rechteckige Löcher. Löcher, die ins Nichts führten. Löcher, die einen, wenn man hineingriff, in sich einsogen und nie mehr freiließen.

Anna war in der Küche und schälte Kartoffeln.

„Ist der Köter taub oder so was?", fragte Andreas. Anna war überrascht und irritiert, dass Andreas sie ansprach. Sie brauchte einen Moment, um zu antworten.

„Nein, nur alt!", sagte sie dann mit ihrer Glasstimme.

„Hat der auch 'n Namen?"

„Pastor!"

„Was?"

„Pastor! Er war früher ganz schwarz und hatte eine kleine Blesse auf der Brust, die aussah wie ein Kragen. Er sah aus wie ein Pastor", sagte Anna.

Andreas musste lachen.

„Los, geh raus, Pastor!", sagte Andreas zu dem Hund und deutete mit der Hand auf die Tür. Pastor machte Platz und wedelte mit dem Schwanz.

„Der Typ tickt nicht richtig!", sagte Andreas.

„Er mag dich. Er mag immer die Menschen am meisten, die nichts mit ihm zu tun haben wollen!", sagte Anna.

„Ich sag ja, der tickt nicht richtig!"

Ein blauer VW Touareg kam auf den Hof gefahren und bremste, dass der Staub aufwirbelte. Anna blickte auf. Klages, ein Freund ihres Vaters, stieg aus und wartete mit in die Hüften gestemmten Fäusten an seinem Wagen. Norbert kam mit dem Trecker vom Feld und hielt neben Klages an. Anna schaute auf die Uhr. Es war halb elf. Ihr Vater war viel zu früh dran. Die beiden Männer gaben sich die Hand, und Klages erzählte etwas, das sich Norbert mit sorgenvoller Miene anhörte.

„Ärger?", fragte Andreas.

„Weiß nicht!"

Anna beobachtete, wie ihr Vater zum Haus kam. Andreas ging ins Wohnzimmer, setzte sich auf die Couch und schaltete den Fernseher an, während Norbert die Tür aufschloss und hereinkam, ohne sich die Schuhe auszuziehen.

„Anna!?", rief er.

„Ja?" Sie kam aus der Küche in den Flur.

„Ich muss noch mal kurz weg! Zum Mittag bin ich wieder da!"

„O.k.!" Norbert verschwand wieder und fuhr mit dem Jeep hinter Klages' Auto her. Anna blieb besorgt zurück.

Andreas zappte sich durch das Programm, bis Norbert wieder nach Hause kam. Nichts interessierte ihn länger als fünf oder sechs Sekunden. Und schon schaltete er um zur nächsten Sendung, sah ein paar Bilder, hörte ein paar Sätze und war wieder gelangweilt und schaltete um. Die Programme rauf und runter. Eine endlose Schleife, aus der er sich selbst nicht mehr befreien konnte. Sein Geist war auf ein Karussell aufgesprungen, das ihn mit sich trug und schwindlig fuhr. Erst das Schlagen der Haustür hielt das Karussell an. Norbert kam herein und ließ sich auf seinen Stuhl fallen.

„Essen ist fertig!", sagte Anna, und Andreas wusste nicht, ob sie ihn oder ihren Vater gemeint hatte. Er stellte den Fernseher aus und kam an den Tisch. Plötzlich hatte Andreas das Gefühl, dass sein gesamter Tagesablauf nur aus Essen bestand. Schon wieder saßen sie hier am Tisch zusammen, schon wieder hatte Anna den Tisch gedeckt, hatte gekocht und zum Essen gerufen. Schon wieder. Es war wie die Programme im Fernsehen. Schon wieder war er am Anfang angekommen.

Er setzte sich, obwohl ihm der Appetit vergangen war. Sein Magen fühlte sich bereits gefüllt an. Zu sehr gefüllt. Ihm wurde schon ein wenig übel, wenn er an die Gerüche des dampfenden Essens dachte.

Andreas' Blick flog kurz zu Norbert und blieb dort haften. Norbert sah aus, als hätte ihm jemand eine ordentliche Ohrfeige gegeben, und er wusste nicht, warum. Fast ein wenig verstört saß er auf seinem Stuhl, zu weit abgerückt vom Tisch, als dass er hätte essen können, die Hände auf seinem Schoß gefaltet wie zum Gebet. Anna setzte sich und hielt ihrem Vater eine Schüssel Kasseler und Sauerkraut hin. Doch Norbert reagierte nicht.

„Papa?"

„Was? Ach so, danke!"

Sie taten sich alle etwas zu essen auf. Andreas stocherte auf seinem Teller herum, als wolle er das Essen immer wieder neu arrangieren. Anna wartete darauf, dass ihr Vater endlich etwas sagte.

„Was ist los?", fragte sie leise, weil sie es nicht mehr aushielt.

„Ach, du kennst doch den Heiner! Sein Hof ist gestern Nacht abgebrannt! Alles zerstört. Die Scheune, die Ställe. Nur das Haus steht noch."

Andreas senkte seinen Blick. Er stocherte weiter, spießte eine Kartoffelspalte auf und steckte sie in den Mund. Er kaute darauf, als hätte er etwas Lebendiges im Mund. Beim Schlucken wäre ihm der Bissen beinahe im Hals stecken geblieben.

12. Kapitel

„Hast du die Kühe gefüttert?", fragte Norbert. Seine Stimme klang abweisend und hart, aber trotzdem vertrauter als sonst.

„Nö!", sagte Andreas.

„Hör zu, Andreas ..."

„AC!"

„Oder AC, von mir aus. Die Tiere brauchen was zu fressen. Wenn sie nichts bekommen, geben sie keine Milch. Wenn sie keine Milch geben, kann ich nichts verkaufen. Und wenn ich nichts verkaufe, kriegen wir nichts mehr zu essen, verstanden? Also, machst du das bitte heute noch?"

„Nö!"

Norbert argumentierte nicht lange und wandte sich sofort an Anna.

„Na gut, dann musst du das auch noch übernehmen, Anna!"

„Aber Papa, ich hab schon die Wäsche und das Essen gemacht, und um die Pferde muss ich mich auch noch kümmern nachher!"

„Tut mir leid, bedank dich bei AC!"

Anna sank auf ihrem Stuhl zusammen und kämpfte mit den Tränen.

„Ich muss wieder los!", sagte Norbert, und schon war er weg.

Andreas konnte nicht weiteressen. Er wusste, dass Anna ihn nicht ansehen konnte, und auch, dass sie seinen Teller nicht abräumen konnte, solange er noch am Tisch saß. Sie wartete über ihren Teller gebeugt, die Haare wie ein Vorhang zu beiden Seiten des Gesichts und ihre Hände fest in ihren Schoß gedrückt. Andreas stand auf und setzte sich wieder vor den Fernseher. In seinem Rücken hörte er das verletzte Mädchen mit ihren nackten Füßen in die Küche tapsen. Die Tür fiel ins Schloss, und jetzt erwartete Andreas, Anna schluchzen oder weinen zu hören. Aber es wurde einfach nur still. Er senkte die Lautstärke am Fernseher etwas ab, um besser in die Küche horchen zu können. Doch er hörte einfach nichts. Als ob sie gar nicht mehr da wäre.

Im Fernsehen lief wieder eine Talkshow. Eine junge Frau glaubte, ihr Mann würde sie betrügen, und man hatte einen Lügendetektortest mit ihm gemacht. Das Ergebnis stand nun an, und das Studio verdunkelte sich. Britt, die Moderatorin, öffnete einen Umschlag und las quälend langsam die Ergebnisse vor. Die erste Frage, die der Mann hatte beantworten müssen, war, ob er seine Frau jemals betrogen hatte. Seine Antwort lautete natürlich „Nein".

„Der Typ geht doch nicht fremd, guck dir den doch mal an! Sieht man doch!", sagte Andreas zum Fernseher.

Auf einem Bildschirm wurde in großen grünen Lettern das Wort „Wahrheit" eingeblendet, und alle klatschten und jubelten. Der junge Mann verzog keine Miene.

„Lass die Alte sitzen und such dir 'ne andere!", rief Andreas.

Er rutschte noch ein wenig tiefer auf dem Sofa. Da sah er plötzlich Anna draußen am Schweinestall. Er hatte nicht gehört, wie sie rausgegangen war. Sie schob eine volle Karre Mist und schwankte dabei hin und her. Der Misthaufen war hinter dem Schweinestall. Anna hatte noch gut sieben oder acht Meter vor sich. Immer wieder musste Anna ihre Beine zur Seite stemmen, um nicht das Gleichgewicht zu verlieren. Und dann passierte es doch. Die Schubkarre kippte zur Seite, und fast der gesamte Inhalt fiel heraus. Anna stellte die Karre wieder auf und ging weg. Andreas schaute wieder auf den Bildschirm. Der Mann und seine Frau umarmten sich gerade, und das Studio tobte.

„Idiot!", sagte er.

Draußen kam Anna mit einer Schaufel zurück, lehnte diese gegen die Wand und leerte zuerst die Karre auf den Misthaufen, bevor sie sie wieder befüllte. Es sah grotesk aus. Die Größenverhältnisse zwischen Anna und der Schaufel stimmten einfach nicht. Die Schaufel war riesig im Vergleich zu ihr. Sie allein war schon zu schwer für das Mädchen.

Andreas fluchte und warf die Fernbedienung auf die Couch. Dann ging er hinaus.

Anna hievte gerade eine Ladung Mist auf die Karre, als Andreas ihr einfach die Schaufel aus der Hand nahm.

„Ich mach das!", sagte er. Fünf Mal schippte er den Mist auf die Karre und fuhr sie dann zum Misthaufen. Gemeinsam gingen sie zurück zum Stall. Leider musste Andreas feststellen, dass Anna hier noch nicht fertig war. Grimmig nahm er die Schaufel wieder zur Hand und kratzte damit über den Steinboden.

„Pass auf!", rief Anna, doch da hatte Andreas auch schon einen Peitschenhieb von einem Kuhschwanz abbekommen. Der Schweif hatte ihn zischend einmal quer übers Gesicht erwischt. Andreas war so perplex, dass er hinten überfiel und sich auf den Hosenboden setzte. Mit großen Augen blieb er dort unten sitzen. Anna hielt sich eine Hand vor den Mund, um ihr Lachen zu verbergen, doch schon als sich auf Andreas' Gesicht der geringste Anflug eines Lächelns abzeichnete, prustete sie los vor Lachen.

„Alter, was war das denn!?"

„Papa hatte dich gewarnt!", lachte sie.

„Ich bring das Mistvieh um!"

„Nein, bitte nicht, Paula ist ganz lieb, wirklich!"

„Hab ich gesehen!"

„Und hübsch ist sie auch!"

„Hübsch? Na, ihr Hinterteil jedenfalls nicht!", sagte Andreas und rappelte sich wieder auf.

„Ein hübsches Gesicht hat sie! Sowieso find ich, dass Kühe ein schöneres Gesicht haben als Pferde. Pferde haben den schöneren Körper!"

„Kühe sind fett und hässlich!"

„Du hast doch noch nie eine Kuh gesehen! Komm mit!"

Andreas wunderte sich, wie viel Anna plötzlich sprach und wie sehr sie sich freute. Jetzt war sie wieder eine ganz andere Anna, die Anna von dem Foto. Der Schatten war verschwunden, als hätte der Wind dieses Tuch von ihrem Kopf geweht.

Sie gingen auf die Vorderseite, und Anna nahm Paulas Gesicht in beide Hände. Die Kuh blickte Andreas aus ihren großen schwarzen Augen an. So hässlich fand er sie tatsächlich nicht.

„Hässlich, sag ich doch!" Annas Lächeln verschwand. Sie schien kleiner zu werden. Andreas tat es leid, das gesagt zu haben. Er hatte doch nur einen Scherz machen wollen.

„Kriegst du eigentlich auch Geld für die Arbeit?", fragte Andreas als eine Art Wiedergutmachung. Und ein bisschen interessierte es ihn auch.

„Ich?", fragte Anna erstaunt. „Nein, ich bin doch die Tochter!"

„Ja, aber du arbeitest doch!"

„Ich krieg Taschengeld. Kriegst du Taschengeld?"

„Nein", sagte Andreas, „meine Mutter hat's mir irgendwann mal gekürzt und dann vergessen."

„Dann kannst du dir gar nichts kaufen?", fragte Anna besorgt.

„Doch schon. Ich nehm's mir einfach!"

„Wie?"

„Na, ich klau's!"

„Du klaust Sachen?"

„Ja, sicher! Machen viele!"

„Hier nicht!"

„Is ja auch am Arsch der Welt hier!" Und wieder schien er Anna beleidigt zu haben, ohne dass er es gewollt hatte.

„Ich muss weitermachen!", sagte sie leise.

„Hat dir dein Vater nichts erzählt von dem Feuerzeug?", wollte Andreas wissen.

„Was für'n Feuerzeug?" Sie wusste tatsächlich nicht, worum es ging. Andreas fand es gut, dass Norbert dichtgehalten hatte.

„Vergiss es", sagte er.

Abends saß Andreas wieder vor dem Fernseher. Anna war schon zu

Bett gegangen, und Norbert arbeitete oben in seinem Zimmer. Andreas konnte hören, wie er auf der Computertastatur tippte. Im Fernsehen lief ein Film, aber Andreas konnte nicht sagen, wovon er handelte. Die Terrassentür stand weit offen, und die Vorhänge bewegten sich wie Geister im Abendwind. Andreas hatte Heißhunger auf ein paar Chips oder Schokolade. *Man kann doch nicht einfach vor'm Fernseher sitzen und nichts essen! Ist doch asozial! 'n Bier wäre jetzt auch nicht schlecht!* Andreas stand auf und ging in die Küche. Er öffnete alle Schränke und durchsuchte sie nach etwas Essbarem. In einem Fach über dem Herd fand er zwei Tüten Chips, eine angebrochene Packung Snickers und eine Tüte Fruchtgummi. Er nahm sich ein Snickers und eine Tüte Chips und schaute im Kühlschrank nach, ob er etwas Kühles zu trinken fand. Im Seitenfach standen zwei Wasserflaschen und eine Fanta. Im Gemüsefach lagen zwei Bierflaschen.

„Cool!", freute er sich und griff nach einer Flasche. Sie war herrlich kalt. Er drückte sie sich gegen die Stirn und schloss die Augen.

Mit dem Proviant setzte er sich wieder auf die Couch und war jetzt wesentlich besser gelaunt. Er nahm einen großen Schluck aus der Bierflasche. Dann hörte er Norberts Schritte auf der Treppe. Damit war der Abend gelaufen. Er wusste, was jetzt kam. Norbert würde ihm das Fernsehen und vor allem das Bier verbieten. Warum hatte er verdammt noch mal nicht oben bleiben können? Das hätte der erste erträgliche Abend in diesem Haus werden können.

„Hast du kurz Zeit?", fragte Norbert und stellte sich neben die Couch. Andreas sah ihn nicht an.

„Anna hat mir gesagt, dass du ihr heute geholfen hast. Find ich gut! Das waren drei Stunden, richtig? Drei Stunden à acht Euro, macht vierundzwanzig Euro."

Norbert hielt Andreas einen Zwanzig- und einen Fünfeuroschein hin. Irritiert sah Andreas das Geld an. Wie in Zeitlupe nahm er die beiden Scheine entgegen. Es war komisch. Obwohl es nicht sehr viel Geld war, konnte Andreas sich dennoch nicht daran erinnern, wann er das letzte Mal einen solchen Geldbetrag in den Händen gehalten hatte. Geld war etwas, das in seinem Leben keine Rolle mehr spielte, außer wenn er sich Zigaretten kaufte. Alles andere klaute er, oder Pocket klaute es für ihn. Von seiner Mutter bekam er nichts mehr. Und arbeiten? An Arbeiten hätte er in Berlin keinen auch noch so winzigen Gedanken verschwendet.

„Is aber zu viel!", sagte Andreas, weil ihm nichts anderes über die Lippen kam.

„Mach dir mal keinen Kopf! Ist schon in Ordnung!" Norbert entdeckte das Bier auf dem Tisch.

„Hat deine Mutter dir das erlaubt?", fragte Norbert.

„Wenn nicht, würde ich's auch trinken!"

„Na gut! Dann gute Nacht!"

Norbert ging wieder nach oben. Er hatte ihm Geld gegeben und einfach geglaubt, dass er Bier trinken durfte, was seine Mutter ihm natürlich niemals offiziell erlaubt hatte. Über so was sprachen sie nicht. Andreas hielt immer noch ungläubig das Geld in seinen Händen. Sein erstes verdientes Geld. Er kämpfte gegen das Gefühl an. Doch irgendwie fühlte er sich gut.

13. Kapitel

Andreas hatte sich immer eine große Schwester gewünscht. Schon seit er klein war. Eine große Schwester, die alles für ihn machte, die ihn überall mit hin nahm, ihm alles zeigte und die ihm immer zuhörte, wenn er was zu sagen hatte. Eine große Schwester. Dann hätte er seine Mutter nicht mehr gebraucht. Hätte ihr Gezeter nicht mehr ertragen müssen und ihren Anblick. Manchmal fand er sie wirklich hässlich. Ein zerfallenes Gebäude, marode und schwach. Eine Ruine. Andreas hatte sich etwas Heiles gewünscht, wie diese große Schwester. Jung, hübsch, voller Energie und immer gut gelaunt, mit einem ständigen Lächeln im Gesicht. Sie hätte immer gewusst, was zu tun war. Und sie wäre mit ihm Bahn gefahren. Sie hätte niemals zugelassen, dass er sich blamierte.

Das war sein Traum, während er auf der Straße aufwuchs. Zusammen mit anderen Kindern, wie er eines war. Ja, er war nicht allein in dieser Stadt. Sie waren viele da draußen. Eine große Gemeinschaft. Und trotzdem bekämpften sie sich, wo sie nur konnten. Revierkämpfe. Stärke beweisen. Mann sein. Ja, man wollte ein Mann sein. Keines der Kinder wollte Kind sein. Nicht ein Einziges. Kind sein hätte bedeutet, sich der Not auszuliefern, sich den Zwängen und den verdammten Umständen zu ergeben. Wer wollte das schon? Also kämpften sie. Sie bekämpften sich, ihre Eltern, die Lehrer, einfach alles. Sie kämpften und träumten zugleich. Von großen Schwestern und von roten Ducatis. Und alle verdrängten, so gut es ging, den Tunnel, der schwarz und endlos vor ihnen lag. Sie fuhren alle direkt auf ihn zu. Doch sie schauten nur nach rechts und links. Keiner sah geradeaus.

Andreas lag auf seinem Bett und rauchte in der Dunkelheit. Vierundzwanzig Euro. Nein, fünfundzwanzig. Wie weit würde er damit kommen? Wenn er es irgendwie bis zum Bahnhof schaffte, dann würden fünfundzwanzig Euro doch reichen bis Berlin. Oder zumindest bis Potsdam. Dann konnte er schwarz mit der S-Bahn fahren. Er schaltete sein Handy ein, und schon leuchtete das Display auf mit dem Foto von dem brennenden Auto. Ein Lächeln huschte über sein Gesicht.

Kurze Zeit später schlich er die Treppe hinunter, schloss die Haustür auf und verschwand auf den Hof. Zielstrebig ging er zu den Fahrrädern. Er prüfte den Reifendruck an Norberts Fahrrad. Es hatte hinten einen Platten. Er räumte dieses und Annas Fahrrad beiseite und spürte ständig die Anwesenheit des monströsen Mähdreschers direkt in seinem Rücken. Er hatte Angst, die Maschine könnte plötzlich anspringen, die großen Scheinwerfer würden aufleuchten wie wütende Augen, und das Ding mit seinen rotierenden Stahlzähnen würde hungrig auf ihn zuwalzen, bis es ihn verschlungen hatte. Natürlich war das völliger Quatsch, und er hasste sich selbst dafür, überhaupt so etwas zu denken. Kinderkram war das. Die Reifen des Damenrads waren intakt, doch es war so verrostet, dass schon die kleinste Bewegung ein fürchterliches Quietschen erzeugte. *Ich werde das Ding bis zur Straße tragen müssen,* dachte er.

„Das ist das Fahrrad meiner Mutter!" Annas Stimme, auch wenn sie klein und schwach war, leuchtete auf wie ein Blitz im Dunkeln. Andreas fuhr herum. Sein Herz machte einen Aussetzer, schlug dann einmal ganz hart gegen seine Brust und beschleunigte dann, als hätte er einen Sprint hinter sich.

„Mann! Bist du verrückt!", fuhr er sie leise an. Anna sagte nichts, blickte nur auf das Fahrrad und ergab sich den Erinnerungen, die damit verbunden waren.

„Willst du weg?", fragte sie irgendwann.

„Was machst du hier draußen?"

„Du willst hier weg, stimmt's?"

„Natürlich will ich weg! Ich halt das nicht mehr aus! Macht mich krank hier!"

„Na gut", sagte Anna.

„Willst du nicht auch weg hier?“, fragte Andreas, so als wolle er sie auf dem Gepäckträger mitnehmen.

„Ich? Nein, wohin denn?“

„Weiß nicht! Weg halt!“

„Ich will nicht weg. Meine Mutter ist weggegangen! Vor einem Jahr.“

„Kann ich voll verstehen!“ Anna senkte den Kopf. Andreas konnte ihren Scheitel sehen, der in der Dunkelheit wie eine große Narbe aussah.

„Was ist, kann ich das Fahrrad nehmen, oder was?“, fragte Andreas.

Anna nickte. Ihr Pony hielt ihre Augen verborgen, aber Andreas konnte sich denken, wie sie aussahen. Er hob das Fahrrad an Sattel und Lenker hoch und ging zur Straße. Anna schlurfte leise hinterher.

„Na dann, mach's gut!“, sagte Andreas und schwang sich auf den Sattel.

„Tschüs!“, sagte Anna, und Andreas trat in die Pedalen. Das Quietschen war entsetzlich. Es klang wie ein Kreischen, so als wollte das Fahrrad gegen seine Benutzung protestieren und auf sich aufmerksam machen. Andreas schaute zurück, doch im Haus ging kein Licht an, wie er es befürchtet hatte. Anna stand immer noch an der Straße und sah ihm hinterher.

Die Straße leuchtete silbern im Mondschein. Links und rechts lagen die Felder, weit und schwarz und ohne erkennbare Oberfläche. Bodennebel lag still schwebend in den Senken. Andreas schaltete in einen höheren Gang. Die rostige Kette hob sich ratternd auf die Zahnräder und fasste erst nach zwei Umdrehungen wieder. Andreas musste sich mächtig in die Pedalen stemmen, um das schwergängige Fahrrad zu beschleunigen. Schnell kam er ins Schwitzen, und in dem kühlen Gegenwind hier auf freier Strecke begann er zu frieren. Er fuhr und fuhr, bis er den Bauernhof von Klages passierte, den er auf der Hinfahrt nicht beachtet hatte. Überhaupt hatte er damals wenig auf die Strecke geachtet, und als die nächste Kreuzung in Sicht kam, war er bereits unsicher, ob er links oder rechts abbiegen musste. Auch die Ortsschilder halfen ihm nicht weiter.

Jerichow, der einzige Name, der ihm etwas sagte, stand auf keinem der Schilder. Er meinte, sich erinnern zu können, dass sie rechts eingebogen waren, bevor er sich über den fehlenden Mittelstreifen gewundert hatte. Also fuhr er links.

Bis auf die Stellen, wo der Bodennebel über die Fahrbahn gekrochen kam, konnte man weit sehen. Aber er konnte nirgends ein Licht erkennen. Nicht ein Licht in dieser gottverlassenen Gegend.

Andreas war vielleicht zwanzig Minuten gefahren, da mündete die Straße in einen dichten Kiefernwald, der wie eine schwarze Festung aus der Landschaft erwuchs. Kaum hatte er den Wald erreicht, war es, als verschlucke er jegliches Licht. Andreas musste ganz langsam fahren, um nicht vom Weg abzukommen. Es war stockfinster. *Sind wir hier durchgefahren? Das hätte ich doch mitgekriegt! Den Wald hätte ich mir gemerkt!* Andreas beschlich das Gefühl, dass er falsch gefahren war. Er fuhr noch ein paar Meter, obwohl er wusste, dass er umkehren wollte. Der Wald machte ihm Angst. Er hatte das Gefühl, aus den schwarzen Bäumen heraus beobachtet zu werden. Jemand, etwas, eine Kreatur beobachtete ihn. Er konnte sie fast riechen. Er drehte den Lenker herum und wollte gerade so schnell er konnte von diesem Ort verschwinden, als er dieses weiße längliche Schild sah. Es konnte nur ein Schild sein. Ein rechteckiger Gegenstand, der wie ein Fremdkörper im Wald zu schweben schien. Andreas fuhr vorsichtig näher. Es war tatsächlich ein Schild. Er musste sein Feuerzeug benutzen, um es lesen zu können. Ein Fahrrad war darauf abgebildet mit einer Kilometerangabe: 1,5 Kilometer. Der Ort war unleserlich, weil die Farbe abgeblättert war. Das Schild deutete in den Wald hinein, und Andreas erkannte einen schmalen Weg, der von den schweren Zweigen überdacht war. *Wenn es einen Fahrradweg gibt, dann führt er auch weiter zu einer größeren Stadt. Fahrradwege enden nicht einfach im Nichts!* Andreas musste für einen Augenblick seinen ganzen Mut zusammennehmen, bevor er das Fahrrad auf den Schotterweg lenkte. Er fuhr fast blind und in dem Glauben, jeden Moment einem wilden Tier begegnen zu können. Einem Wolf, einem Bären oder einem Wildschwein. Er hätte alles für möglich gehalten hier draußen. Nach weiteren fünf Minuten machte der Weg eine leichte Biegung, und nun stand der Mond wieder direkt über ihm und schien durch die kleine Schneise im Wald. Noch nie war er so froh gewesen, den Mond zu sehen, und schon strampelte er ein wenig schneller. Es ging jetzt leicht bergab, und Andreas meinte, das Ende des Waldes erkennen zu können. Er wurde immer schneller und schneller, und die Zweige der Bäume zischten jetzt an seinem Kopf vorbei. Es wurde heller, und die Bäume ließen zwischen ihren Stämmen blau schimmerndes Licht durch. Nach weiteren fünfzig Metern war es geschafft, der Wald spuckte Andreas wieder aus, und er konnte in eine größere Senke blicken, die randvoll mit Nebel gefüllt war. Nur hier und da hoben sich ein paar Tannenspitzen aus dem weißen Schleier. Andreas ließ sich rollen. Der Nebel kam immer näher und näher, und bald würde Andreas wieder abbremsen müssen. Aber er wollte Boden gutmachen, weiterkommen, weg von hier, weg aus der Einöde. Er wollte endlich ein Licht sehen, einen Ort, eine Stadt. Kalt und feucht schlug der Nebel gegen sein Gesicht. Augenblicklich begann er, noch stärker zu frieren, und bekam eine Gänsehaut am ganzen Körper. Jetzt war er mitten in der milchigen Suppe, und auch wenn es ihm widerstrebte, war er doch gezwungen, langsamer zu fahren. Noch bevor er die Handbremse ziehen konnte und die Bremsklötze sich um die rostige Felge schließen konnten, flog plötzlich ein schwarzer Schatten auf ihn zu. Er kam aus dem Nichts, breit und nach oben spitz zulaufend. Ein Baum, war Andreas' erster Gedanke. Und dann kam der Zusammenstoß. Der Aufprall war weicher als mit einem Baum, aber hart genug, um ihn vom Rad zu reißen und ihm die Luft aus den Lungen zu pressen. Er stöhnte auf, ebenso wie der andere Mann, der rücklings auf den Weg fiel und dabei irgendwelche Sachen verlor, die scheppernd und mit einem hohlen Knall auf dem Boden landeten. Es war ein Angler, gekleidet in einen dunkelgrünen Regenmantel mit Kapuze, der ihn aussehen ließ wie einen Tannenbaum. Der Schrecken saß bei beiden so tief, dass sie zunächst nichts sagen konnten. Sie saßen beide eingehüllt in den Nebel und hörten den Geräuschen des anderen zu, versuchten, sich zu sammeln und ihren Herzschlag wieder zu senken.

„Heilige Mutter Gottes!", hörte Andreas den Mann sagen. Er brummte umständlich, als er aufstand. Sein Regenmantel quietschte.

„Oh Mann!", sagte Andreas und stellte sich wieder auf die Beine. Seine Schulter und sein Kopf schmerzten.

„Alles in Ordnung bei Ihnen?", fragte der Angler.

„Ja, ja. Denk schon."

„Mutter Maria, wo kommen Sie denn plötzlich hergeritten, wie auf einem Höllenhund, als ob der Leibhaftige hinter Ihnen her wäre?"

„Sorry, hab Sie einfach nicht gesehen!", sagte Andreas.

„Nun, das ist wohl keine Kunst, wenn man ohne Augenlicht einen Berg hinunterrast! Himmel Herrgott, Sie müssen entweder schön blöd oder ein überaus waghalsiger Kerl sein!"

„Ich hab's eilig!"

„Ja, ich nicht so sehr! Mir liegt vielmehr daran, meine Angeln und meine Fische wiederzufinden! Liegt etwas bei Ihnen dort drüben?", fragte der Angler.

„Bitte, was?"

„Ob da bei Ihnen zufällig eine Angelrute oder zwei große Barsche und ein Hecht liegen? Ich hatte sie in einem Eimer, und mein Angelkoffer muss hier auch irgendwo sein!"

Andreas zündete sein Feuerzeug an. Der Nebel um ihn herum begann, gelblich zu leuchten, aber besser sehen konnte er dadurch nicht.

„Ah, Sie haben Licht!" Der Mann kam näher. Wieder sah Andreas den schwarzen Schatten auf sich zuwanken.

„Helfen Sie mir doch bitte, meine Sachen zu finden! Wäre doch schade um die Fische und die schöne Ausrüstung!" Der Mann hatte immer noch oder schon wieder seine Kapuze auf, und Andreas konnte sein Gesicht nicht erkennen. Aber er schätzte ihn auf Mitte vierzig, so wie seine

Stimme klang. Und schon tauchte der Mann vor ihm ab und begann, am Boden zu suchen. Andreas tat es ihm gleich.

„Haben Sie mein Fahrrad gesehen?", fragte Andreas, während er sich mit den Händen voran über den Schotterweg tastete.

„Gesehen ist der falsche Ausdruck! Ich denke, es liegt rechts vom Weg im Graben! Passen Sie auf Ihre Finger auf, der Hecht ist ein ganz schöner Brummer, und ich weiß nicht, ob er schon tot ist!"

Andreas zog augenblicklich seine Hände zurück. Das fehlte noch, dass ihm irgendein verdammter Fisch einen Finger abbiss. Andreas hörte ein nasses Klatschen links neben sich.

„Ich glaub, ich hab einen!", rief er.

„Gut, ich hab den Eimer gefunden! Bringen Sie ihn her!", rief der Angler.

Hol ihn dir doch selbst, du Komiker!

„Oder besser, ich komme rüber zu Ihnen!"

Andreas nickte im Dunkeln und streckte seine Hand vorsichtig in die Richtung, aus der das Klatschen gekommen war. Als er etwas Kaltes, Glitschiges berührte, erschrak er und hätte beinahe aufgeschrien. *Verdammt, ist doch nur ein Fisch, nichts weiter! Stell dich nicht so an!* Andreas langte nach dem Fisch und griff zu. Der Angler stieß gegen seinen Rücken und wäre fast über ihn gestolpert.

„Hoppla, da sind Sie ja!"

Er stellte den Eimer neben Andreas auf den Boden, und Andreas wollte den Fisch hochheben, als der plötzlich ausschlug. Ein Ruck ging durch seinen Arm, und Andreas erschreckte sich. Der Fisch glitt ihm aus den Händen und fiel ihm direkt in den Schoß. Die Wucht des Aufpralls ließ Andreas ungefähr ermessen, wie schwer der Fisch war, und er bekam es mit der Angst zu tun. Wenn etwas so schwer war, musste es auch verdammt groß sein. Fast panisch schaufelte er das riesige Tier aus seinem Schoß, und schon spürte er zwei große, kräftige Hände, die den Fisch mit sicherem Griff packten und in den Eimer bugsierten.

„Fehlen nur noch zwei!“, sagte der Angler. Aber ohne Andreas. Er wollte und konnte nicht länger hier auf dem Boden rumkrauchen und irgendwelche Fische suchen. Dieser irre Angler war ihm auch nicht geheuer.

„Wo wollen Sie hin?“, fragte der, als hätte er Andreas' Gedanken erraten.

Andreas dachte, es sei besser, nichts zu sagen. Er fand sein Fahrrad im Graben und zog es auf den Weg.

„Sie können doch nicht einfach gehen! Zwei Fische fehlen noch! Sie müssen mir helfen!“

Andreas lief los und schwang sich aufs Fahrrad. *Er wird mich verfolgen, sicher wird er mich verfolgen! Oder er taucht gleich wieder vor mir auf! Der Kerl ist ein Gespenst, ein verdammter Geist, der nachts aus dem See steigt und im Nebel auf seine Opfer wartet!* Andreas' Nackenhaare stellten sich auf, und er hatte das Gefühl, dass sich seine Ohren wie bei einem Hund nach hinten bewegten, um besser hören zu können, was in seinem Rücken geschah. Doch er hörte nur den Angler rufen.

„Sie können nicht entfliehen, die Fische sind überall, sie werden Sie finden, egal, wohin Sie laufen! Hören Sie? Egal, wohin Sie laufen!!“ Die Stimme hallte in einem Echo über den See. Die Organe in Andreas' Bauch zogen sich schmerzhaft zusammen. Er dachte, er müsste sich übergeben.

Nach ein paar Kilometern, die er so schnell gefahren war, wie er konnte, musste er anhalten und verschnaufen. Seine Lungen brannten, als hätte er Feuer geschluckt. Sein T-Shirt war klitschnass geschwitzt. Dieses Land hier machte ihn krank. So schlecht hatte er sich noch nie gefühlt, nicht einmal im Knast. Am liebsten hätte er hier alles verbrannt. Den ganzen verdammten Landstrich angezündet. Das wäre ein Feuer! Brennende Felder überall. Sie würden den Nachthimmel erleuchten. Wie ein Meer aus glühender Lava. Andreas schloss die Augen und genoss dieses Bild. Als er sie wieder öffnete, erkannte er die Kreuzung, die etwa fünfzig Meter vor ihm lag, und auch das kleine weiße Schild. Er fasste neuen Mut und radelte weiter. Das Schild deutete in zwei Richtungen. Als die Flamme seines Feuerzeugs aufflackerte, konnte er in deutlichen Buchstaben das Wort „Jerichow“ erkennen. „Jerichow: 5,9 km“ stand dort. Er hatte es geschafft! Fast sechs Kilometer noch, aber es war die richtige Richtung! Nun konnte ihn nichts mehr aufhalten. Wenn sich jetzt wieder so ein Irrer in seinen Weg stellte, würde er ihn einfach überfahren.

Nach kaum fünf Minuten musste er eine Straße überqueren. Und als er von links zwei Scheinwerfer auf sich zukommen sah, war er so froh, dass er beinah gejubelt hätte. Endlich ein Auto! Endlich ein menschliches Wesen! Ein Zeichen für Zivilisation! Keine Wildnis mehr! Die Scheinwerfer kamen näher und näher, und dann hielt das Fahrzeug an. Andreas dachte, der Fahrer wolle ihn vielleicht über die Straße gehen lassen, doch dann beschlich ihn das Gefühl, dass es vielleicht auch die Polizei sein könnte. Die Scheinwerfer gingen aus, nur das Standlicht blieb an. Jetzt konnte Andreas erkennen, dass es kein Auto war. Es war ein Trecker. Jemand stieg ab und stellte sich neben den Trecker auf die Straße. Andreas erkannte Norbert. Er blickte nach links und konnte weiter hinten die Umrisse des Hofs erkennen. Er war im Kreis gefahren. Er war die ganze Zeit im Kreis gefahren. Alles in ihm brach zusammen, wie eine alte Mauer, die von einer Abrissbirne getroffen worden war. Norbert sah ihn entgeistert an. Andreas senkte den Kopf. Er hatte keine Kraft mehr in seinem Körper. Alles war weg. Er hatte alles auf dem Weg gelassen. Jetzt wollte er nur noch ins Bett und schlafen, bis alles vorbei war. Sechs Wochen lang schlafen. Er schob das quietschende Rad an Norbert vorbei. Norbert erkannte das Fahrrad, doch sagen konnte er nichts. Er reimte sich zusammen, was in dieser Nacht passiert war, und das bedurfte keiner weiteren Worte mehr. Andreas ging zurück auf den Hof, stellte das Fahrrad ab und verschwand lautlos im Haus.

14. Kapitel

Andreas schlief fast den ganzen nächsten Tag. Um elf wachte er einmal auf, hatte aber keine Kraft aufzustehen. Nicht mal Lust auf eine Zigarette hatte er. Er drehte sich wieder um und schlief weiter bis halb vier.

Diese Nacht, die fehlgeschlagene Flucht vom Hof seines Onkels, beschäftigte ihn in den nächsten Tagen sehr. Er war nachdenklich geworden und ängstlich. Nachdenklich, weil er nicht genau verstand, was passiert war. Gut, er hatte sich einfach verfahren, war falsch abgebogen. Die Begegnung mit dem Angler jedoch ließ ihn nicht mehr in Ruhe. Er musste immer wieder an dessen letzten Satz denken, den er ihm hinterhergerufen hatte. Andreas verstand ihn nicht. Der Kerl musste tatsächlich ein Irrer sein, ein geistig Verwirrter, krank im Kopf. Es machte einfach keinen Sinn, was er gesagt hatte.

Und seine Angst war mehr in die Zukunft gerichtet. Sicher hatte er in dieser Nacht Angst verspürt, doch sie steckte immer noch in seinen Gliedern, als warte sie darauf, dass wieder etwas passierte. Irgendetwas lauerte da draußen auf ihn. Irgendetwas verfolgte ihn.

Erst am darauffolgenden Tag traute er sich wieder aus seinem Zimmer. Norbert jetzt gegenüberzutreten war eine fürchterliche Erniedrigung für ihn. Es war, als hätte er gegen Norbert gekämpft und einen regelwidrigen Trick angewendet, der nicht funktioniert und durch den er den Kampf verloren hatte. Ertappt und geschlagen. Norbert sprach ihn nie auf diese Nacht an. Er ritt nicht auf Andreas' Niederlage herum. Das war in Ordnung von ihm.

Anna vermied jetzt den Augenkontakt mit Andreas noch mehr als vorher. Doch diesmal nicht, um sich selbst zu schützen, sondern um Andreas nicht das Gefühl zu geben, dass sie ihn bemitleidete. Und das tat sie. Glücklich war sie aber auch. Glücklich, dass das Fahrrad ihrer Mutter wieder da war. Das rostige, alte Ding. Es war doch gut zu wissen, dass es wieder neben ihrem Rad im Schuppen stand.

„Morgen ist Dorffest in Steinitz!", sagte Norbert beim Abendessen. Es war Samstag. Gestern und vorgestern hatte Andreas draußen gearbeitet. Die körperliche Arbeit war so etwas wie Training für ihn. Er hatte zu Hause zwei Hanteln und machte Liegestütze und Sit-ups. Hier merkte er, wie er seine Muskeln beim Füttern der Kühe trainierte, wenn er die schwere Schaufel anhob, oder wenn er die Schubkarre zum Misthaufen schob. Und er war den ganzen Tag an der frischen Luft und wurde braun dabei. Seine Ärmel hatte er immer bis zur Schulter hochgekrempelt. Die Sonne brannte auf seine Haut, und er schwitzte, dass seine Arme glänzten. Irgendwie mochte er das. Ein bisschen eitel war doch schließlich jeder.

„Wir könnten hingehen. Es gibt sicher was zu sehen, was Kaltes zu trinken und 'ne Bratwurst", sagte Norbert, als keiner der beiden antwortete.

„Ich würd gern", sagte Anna.

„AC?", fragte Norbert.

Andreas zuckte nur lustlos mit den Schultern.

„Na ja, kannste dir ja noch überlegen."

Am Sonntag horchte Andreas hinter seiner Tür, was im Haus vor sich ging. Und als Norbert und Anna sich unten im Flur trafen und er die Haustürschlüssel klimpern hörte, kam auch er aus seinem Zimmer und lief nach unten.

„Schön!", sagte Norbert. „Dann können wir ja!"

Das Dorffest fand auf einer freien Wiese hinter einem Sportplatz statt. Es gab zwei Buden, wo man Getränke kaufen konnte. Hier hatten sich größtenteils die Männer versammelt, die im Stehen ihr Bier tranken, sich dabei lautstark unterhielten und lachten. Bänke und Tische waren aufgebaut, an denen man sich zum Essen hinsetzen konnte. Ein großer Grill stand unter einem Sonnenschirm. Der Qualm fing sich unter dem Schirm und verhüllte den schwitzenden Mann mit der Grillzange immer wieder. Es zischte, und kleine Flammen flackerten gelb und orange in dem dichten Grau des Rauches auf. Die Frauen saßen fast alle auf den Bänken, tuschelten, aßen und fütterten ihre Kinder. In der Mitte des Platzes war eine Hüpfburg aufgebaut, in der schreiend und kreischend eine Schar von Kindern wild durcheinandersprang. Ein paar ältere Kinder spielten Fußball, und eine Gruppe von Mädchen sonnte sich auf einer kleinen Anhöhe. Um einen alten Kutschwagen herum standen die Jugendlichen des Dorfes und der umliegenden Dörfer. Jungen in Andreas' Alter mit kurzen Hosen und T-Shirts oder Unterhemden. Sie rauchten und tranken Bier. Einige hatten ihre Freundinnen neben sich abgestellt wie Fahrräder. Gelangweilt hielten die sich an ihren kleinen glitzernden Handtäschchen fest und kamen sich mondän vor mit ihren Sonnenbrillen und kurzen Röckchen.

Norbert steuerte gleich auf einen der Bierwagen zu. Andreas erkannte Klages, Benno, den Kioskbesitzer, und einen kleineren, dicklichen Mann, der traurig aus seinen runden Augen blickte. So wie der guckte, musste das Heiner sein, der neulich seinen Hof durch den Brand verloren hatte. Norbert hob grüßend einen Arm.

„Wollt ihr allein losziehen?", fragte Norbert. Anna schüttelte den Kopf und drängte sich an seine Seite. Andreas blieb stehen. Zum Bierwagen wollte er auf keinen Fall. Mit diesen Bauerntypen abhängen wollte er ganz bestimmt nicht. Und schon gar nicht mit dem dicken Benno.

„Und du?" Norbert sah ihn fragend an. Andreas schüttelte nur den Kopf und ging nach links. Norbert und Anna gesellten sich zu den Männern, und Norbert bestellte ein Bier und eine Cola. Klages blickte argwöhnisch Andreas hinterher. Es war, als ob Andreas diesen Blick spürte wie Nadelstiche in seinem Rücken, und er drehte sich um. Ihre Blicke trafen sich, und Andreas wusste sofort, dass Klages seine Anwesenheit missbilligte.

„Trotziger kleiner Hitzkopf, was?", fragte Klages.

„Ach, er ist 'n bisschen launisch, aber sonst ganz in Ordnung", sagte Norbert.

„Was hat er denn ausgefressen?", wollte Klages wissen. Seine Augenschlitze sahen Norbert fest über seiner kartoffelgroßen Nase an. Klages hatte ein breites großporiges Gesicht und ein mächtiges Doppelkinn. Sein kräftiger Oberkörper und seine baumdicken Arme wirkten jedoch zu massiv für seine relativ dünnen Beine.

„Wie bitte?", fragte Norbert.

„Du hast doch erzählt, dass er zu dir gekommen ist, weil er mit dem Gesetz in Konflikt geraten ist! Ich will wissen, was er ausgefressen hat!"

Norbert nahm einen Schluck Bier und leckte sich den Schaum von der Oberlippe. Er beugte sich zu Anna runter.

„Willst du nicht zu deinen Freundinnen gehen?", fragte er, und Anna ging lustlos in die Menge auf dem Platz.

„Er war im Jugendknast in Berlin. Hatte wohl ein bisschen gezündelt."

„Dafür kommt man nicht in den Jugendknast!", sagte Klages lächelnd, ohne dabei lustig zu wirken.

„War wohl nicht das erste Mal bei ihm. Zuletzt hat er ein Gartenhaus in einem Kleingartenverein angezündet."

Klages blickte zu Heiner, der aussah, als krieche ihm eine Schlange am Bein hoch.

„Hat in meinem Laden versucht, 'n Feuerzeug zu klauen!", sagte Benno, und Norbert hätte ihn am liebsten getreten für die Bemerkung.

„Launisch, was?", sagte Klages und setzte wieder dieses Lächeln auf, das keines war. Er prostete Norbert zu und trank sein Bier mit einem Schluck aus.

Anna hatte keine Freundinnen mehr, seit ihre Mutter sie vor einem Jahr verlassen hatte. Ihre schulischen Leistungen hatten derart nachgelassen, dass sie sitzengeblieben war. Und in der neuen Klasse mochte sie keiner wegen ihrer verschlossenen Art. Ihr Vater wusste das nicht. Er dachte immer nur, dass man schnell neue Freunde fand in ihrem Alter. Aber das stimmte nicht. Es stimmte ganz und gar nicht.

Anna hatte sich etwas abseits in den Schatten eines Baumes gestellt und trank ihre Cola, während sie den Jungen beim Fußballspielen zusah und nach Andreas Ausschau hielt. Sie entdeckte ihn am Grill, wo er sich gerade eine Bratwurst kaufte. Andreas bezahlte die Wurst mit seinem Geld, seinem eigenen Geld. Er fühlte sich erwachsen und größer als vorher. Größer als alle anderen hier. Die Wurst schmeckte, und er würde sich noch ein Stück Fleisch kaufen und ein kühles Bier. An dem zweiten Bierwagen wurde eine Lücke frei, und Andreas drückte sich hinein. Im Bierwagen arbeiteten ein Mann und offensichtlich sein Sohn. Sie schienen jeden hier zu kennen und machten Smalltalk bei jedem Bier, das sie ausgaben. Andreas schlang seine Bratwurst herunter, leckte sich die Finger und zog sein Portemonnaie aus der Tasche.

„Ein Bier!", rief er dem Älteren der beiden zu. Der Mann nahm ein fertiges von der Zapfanlage herunter und stellte es vor Andreas ab. Andreas hielt ihm einen Fünfeuroschein hin.

„Wie alt bist 'n du?", fragte der Mann plötzlich. Andreas konnte es nicht fassen. Jetzt machte der ihm wegen eines verdammten Bieres Schwierigkeiten. Einige Umherstehende drehten sich zu Andreas um, und er merkte, wie er rot wurde.

„Wie alt sind Sie denn?", fragte Andreas genervt. Der Mann wich zurück und nahm das Bier wieder vom Tresen.

„O.k., so läuft hier gar nichts, Kleiner!"

„Den anderen da hinten haste doch auch Bier gegeben!" Andreas deutete auf die Gruppe Jugendlicher am Kutschwagen.

„Die kenn ich ja auch! Dich kenn ich nicht!"

„Alles klar! Behalt dein Scheißbier!", sagte Andreas. Dieser Mistkerl hatte ihm seine gute Laune gründlich verdorben. Er biss sich auf die Unterlippe und stampfte davon.

Anna hatte die Szene beobachtet und folgte Andreas mit den Augen. Da kam Thomas, einer der Jungen vom Kutschwagen, auf sie zu und fächelte mit der Hand, als wolle er Fliegen vertreiben.

„Zieh Leine, ich muss pissen! Oder willste vielleicht zusehen?"

Anna drehte sich sofort weg und lief zurück in die Menge. Verloren stand sie da und wusste nicht, was sie machen sollte. Ihre Cola hatte sie schon ausgetrunken, aber zum Bierwagen und zu Klages und den anderen wollte sie auch nicht gehen. Eigentlich wollte sie nur nach Hause. Sie wusste gar nicht mehr, warum sie überhaupt mitgekommen war.

„Hallooo, Anna!", rief jemand hinter ihr. Es war Steffen. Er stand mit seinen Freunden um den Kutschwagen herum. Alle schauten sie an.

„Anna, wann fangen eigentlich deine Titten an zu wachsen?", rief er, und alle lachten. Anna senkte den Kopf, und wieder schlossen sich ihre Haare wie ein Vorhang um ihr Gesicht. Oh Gott, wie sehr sie hier wegwollte. Sofort, auf der Stelle weg sein. Durch ein Zeitloch schlüpfen. Thomas kam vom Pinkeln zurück und zwickte ihr in den Hintern.

„Na, schon Besuch von der roten Klara gehabt?", fragte er, und wieder lachte die Gruppe laut los. Steffen nahm einen Schluck Bier.

„Hat dein Vater dir schon von der roten Klara erzählt? Hattet ihr schon ein Gespräch unter Frauen?", fragte Steffen und ging auf Anna zu.

Andreas tauchte auf der anderen Seite auf. Er war ohnehin schon geladen, und jetzt kamen auch noch diese Dorftrottel und machten sich über Anna lustig. Steffen bemerkte Andreas und auch dessen angriffslustigen Blick. Sofort sprang er darauf an.

„Was glotzt 'n so dämlich?", sagte Steffen. Andreas kam näher.

„Was bist 'n du für einer? Vorhin kein Bier gekriegt und jetzt suchste Streit, oder was? Willste eins auf die Fresse haben? Zieh Leine, Alter!" Demonstrativ nahm Steffen einen Schluck aus seiner Flasche. Thomas und zwei andere Jungen stärkten ihm nun den Rücken. Jeder wusste, dass die beiden gleich aufeinander losgehen würden. Anna sah ängstlich durch ihren Pony. Ihre Wimpern ließen die Haare wieder tanzen.

„Kennt ihr euch? Is das deine Alte?" Steffen deutete mit einer Kopfbewegung auf Anna. „'n bisschen wenig Titten, oder? Aber stehste drauf, ne?"

Mit einer blitzschnellen Handbewegung sprühte Andreas einen Strahl Reinigungsbenzin aus der kleinen Flasche, mit dem er den Polo schon angezündet hatte, auf Steffens Schuh. Steffen verstand zunächst nicht, was vor sich ging, bis Andreas seine Zigarette aus dem Mund nahm und auf Steffens Schuh warf, der augenblicklich Feuer fing. Steffen schrie auf und sprang zurück, ebenso wie seine Freunde, und dann schüttelte er wie wild seinen Fuß. Die Flammen schlugen hoch bis zum Knie, und schließlich schüttete Steffen sein Bier auf den brennenden Fuß. Das löschte die Flammen. Andreas hatte das lächelnd mit angesehen. Viele andere Besucher waren auf das Geschrei aufmerksam geworden und schauten nun herüber.

„Gott, was bist du für'n armseliger Schisser!", sagte Andreas, und schon ging Steffen auf ihn los. Andreas hatte den Angriff erwartet, und beide packten sich mit ausgestreckten Armen an Hals und Kragen. Man konnte Stoff reißen hören. Beide schnaubten wie wütende Stiere. Noch bevor einer zuschlagen konnte, kamen Norbert und Klages gelaufen und rissen Steffen und Andreas auseinander.

„Schluss!! Auseinander!!", rief Norbert mit tiefer Stimme.

„Der Kerl ist ja total irre!!", schrie Steffen.

„Nimm den Jungen und geh!", schrie Klages Norbert an, während er Steffen festhielt. „Los!! Geh!!"

Norbert packte Andreas an der Schulter und schleifte ihn weg. Anna lief schnell hinter ihnen her. Jetzt kümmerten sich einige Leute um Steffen, der auf seinen verbrannten Schuh deutete und rumjammerte wie ein Mädchen. Andreas musste grinsen.

Im Auto redete keiner, bis Norbert mit einem Mal ausbrach wie ein Vulkan.

„O.k., was ist da gelaufen!!? Was ist da eben gelaufen!!?"

„Gar nichts ..."

„Hör auf damit!! Sag mir, was das soll!! Du hast ihn verbrannt mit irgendwas!!"

„Nein ..."

„Lüg mich nicht an!!!"

„Er wollte doch nur ...", begann Anna.

„Sei still!! Gib mir das Ding! Los, gib's her!!" Andreas rückte mit dem Benzinfläschchen heraus. Norbert sah es kurz an und steckte es dann in seine Tasche.

„Wenn so was noch mal vorkommt, ruf ich die Polizei!"

„Aber Papa, es war doch gar nicht seine Schuld!", rief Anna wütend vom Rücksitz.

„So, wessen Schuld war's dann?"

„Steffen hat sich über mich lustig gemacht und gesagt, dass ich keine Titten hätte, und alle haben gelacht!"

Norbert musste die Information erst mal verdauen. Er hatte seine Tochter noch niemals das Wort „Titten" sagen hören, und die Tatsache, dass jemand sie derart bloßgestellt hatte, machte ihn traurig.

„Trotzdem. Das ist doch kein Grund, jemanden anzuzünden! Mann, der hätte sich schwer verletzen können!" Anna und Andreas schwiegen. Beide wussten, dass Norbert recht hatte. In dem Moment hatte Andreas es lustig gefunden, es sollte ja nur ein kleiner Denkzettel sein. Und Anna war froh, dass Andreas sie aus dieser schrecklichen Situation gerettet hatte. Aber Andreas musste sich selbst eingestehen, dass er das Feuer nicht hätte kontrollieren können. Er hatte sich ja selbst kaum kontrollieren können. Und etwas Unvorhergesehenes konnte immer passieren. Steffens Hose hätte Feuer fangen können oder jemand anderer hätte sich beim Löschen der Flammen verbrennen können, Feuer machte, was es wollte. Es war unberechenbar. Das hatte Andreas schon am eigenen Leib erfahren müssen. Er wusste, wie schmerzhaft es sein konnte.

15. Kapitel

Andreas saß auf einem umgedrehten Eimer hinter dem Pferdestall und rauchte eine Zigarette. Eine Fliege summte um seinen Kopf herum und setzte sich schließlich auf seinen Arm. Mit der Spitze seiner Zigarette näherte er sich der Fliege. Die Glut kam den transparenten geäderten Flügeln gefährlich nah, und kurz bevor Andreas die Fliege verbrennen konnte, flog sie auf und verschwand aus seinem Blickfeld. Er spuckte auf den staubigen Boden und lehnte sich zurück, bis sein Hinterkopf die Stallwand berührte.

Er dachte an seine Mutter und wie sie jetzt ohne ihn zu Hause zurechtkam. Sicher saß sie jeden Abend mit einer Flasche Rotwein auf dem Sofa und heulte sich die Augen aus. Immer nur jammern und flennen. Das war das Einzige, was sie konnte. Wie konnte er dahin zurückwollen? In dieses Zuhause kehrte doch keiner freiwillig zurück. Für einen kurzen Augenblick, nur für den Bruchteil einer Sekunde, wünschte er sich, Norbert und Anna würden in Berlin wohnen. Irgendwie schien das eine Art Ausflucht zu sein, doch er ärgerte sich derart über diesen Gedanken, dass er wütend seine Zigarette fortwarf. Sie blieb auf etwas Stroh liegen, und wenige Sekunden darauf begann es zu schwelen. Weißer Rauch stieg wie eine beschworene Schlange empor. Andreas sah einen Augenblick lang zu, wartete, was passieren würde, wartete, was das Feuer vorhatte. Dann kam Pastor um die Ecke getrottet und setzte sich erschöpft neben Andreas auf den Boden. Der Hund blickte zu ihm auf. Sein Schwanz wedelte wie ein Scheibenwischer durch den Staub am Boden.

„Los, hau ab, Köter!“, sagte Andreas genervt. Die feine Rauchschwade im Stroh wurde dünner und löste sich endgültig auf. Pastor machte Platz und legte seinen Kopf auf Andreas’ Fuß ab.

„Gibt’s doch nich!“, rief er und zog seinen Fuß weg. Dann schubste er

Pastor, bis der endlich verstand, dass er gehen sollte, und sich fügte.

Von der Straße her konnte Andreas das Hufgetrappel von Trottel und Stinker hören. Er blickte um die Ecke des Stalls. Norbert lenkte den Kutschwagen in die Einfahrt und hielt mitten auf dem Hof. Lautstark stiegen die Gäste vom Wagen. Sie bedankten sich bei Norbert und fuhren mit ihren Autos davon. Anna kam aus dem Haus, und Norbert überließ es ihr, den Kutschwagen vor den Stall zu fahren und die Pferde abzuspannen.

„Los, Trottel, mach schon!“, sagte Anna und schob das lustlose Pferd am Hinterteil vorwärts. Andreas zündete sich eine neue Zigarette an und hörte zu, wie Anna mit den Pferden sprach. Ihre Stimme beruhigte ihn. Er schloss die Augen.

„Ist schon gut, Trottel, alles gut, Stinker. Das habt ihr gut gemacht. Ganz brav. Jetzt dürft ihr euch ausruhen. Ist heiß heute, was? Ich weiß. Aber jetzt ist alles gut. Ihr seid wieder zu Hause. Alles gut.“

Andreas hatte heute gearbeitet. Es war heiß, und er war müde, und so schlief er auf dem Eimer hinter dem Stall ein, während Anna sich drinnen um die Pferde kümmerte.

Als sie ihre Arbeit beendet und den Stall verschlossen hatte, ging Anna hinter den Stall, um sich an dem Wasserhahn die Hände zu waschen. Andreas dort zu sehen jagte ihr einen derartigen Schrecken ein, dass sie zusammenzuckte und einen Schrei unterdrücken musste. Andreas saß schlaff auf dem Eimer, die Hände im Schoß, die Zigarette heruntergebrannt, so dass die Asche sich krümmte, und den Kopf zurückgelehnt, mit offenem Mund. Er hätte auch tot sein können, dachte sie. Vielleicht war er tot, hatte einen Hitzschlag erlitten. Schließlich war er das Arbeiten bei solchen Temperaturen nicht gewohnt. Ängstlich ging sie näher und versuchte zu hören, ob er atmete. Die Asche drohte bald herunterzufallen, und Anna streckte ihre Hand aus, um die Zigarette aus seinen Fingern zu ziehen. Vorsichtig umschloss sie mit Daumen und Zeigefinger den Filter. Dann fiel die Asche herunter, und Andreas wachte auf.

„Shit! Mann, was machst du!!?“, rief er erschrocken. Anna machte drei

Schritte rückwärts und blieb starr vor Schreck stehen.

„Was schleichst du dich so an, verdammt!!?"

„Du hast geschlafen!"

„Ich hab nur die Augen zugehabt! Was willst du?"

„Gar nichts! Ich wollt' nur Hände waschen!" Ein Auto kam schwungvoll auf den Hof gefahren. An der Art, wie es bremste, konnte man hören, dass der Fahrer wütend sein musste. Klages stieg aus. Seine kleinen Augen blitzten böse hinter den Lidern und suchten den Hof ab. Er entdeckte Anna und kam mit großen Schritten und wilden Armbewegungen auf sie zu. Anna deutete Andreas mit ihrer linken Hand an, dass er verschwinden sollte, doch es war schon zu spät.

„Anna, wo ist dein ..." Weiter kam er nicht. Als er Andreas sah, legte sich plötzlich ein Ausdruck auf sein Gesicht, der furchteinflößend ruhig war. Es war eine Ruhe, hinter der etwas lauerte, das jeden Moment auszubrechen drohte.

Klages nickte, während er Andreas fokussierte. Andreas blieb zwar sitzen, stellte seine Beine aber so an, dass er notfalls schnell aufspringen konnte.

„Wen haben wir denn da?" Klages machte zwei Schritte auf ihn zu.

„Jetzt hör mir mal zu, Kleiner. Wenn du dich auch nur in die Nähe meines Sohnes oder meines Hofes begibst, schwör ich dir, dass ich dir persönlich den Hals umdrehen werde! Haben wir uns verstanden?" Erst jetzt begriff Andreas, dass Steffen Klages' Sohn war. Diese Erkenntnis überraschte und amüsierte ihn zugleich. Wie der Vater, so der Sohn. War der Vater ein Arschloch, war der Sohn auch eins! Und so hatte er beiden eins ausgewischt auf dem Dorffest. Zwei Fliegen mit einer Klappe. Andreas konnte sich ein Lächeln nicht verkneifen.

„Was gibt's da zu grinsen!!?", rief Klages wütend und trat gegen den Eimer, dass Andreas auf den Boden fiel.

„He, was ist los?", hörte Andreas plötzlich Norbert rufen. Klages fuhr mit seinem massigen Oberkörper herum.

„Ich komme gerade von Heiner! Die Polizei sagt, dass es Brandstiftung war!! Und dieser kleine Scheißer hier war der Feuerbock!! Er ist es!! Und wenn du ihn nicht zur Polizei bringst, dann hol ich ihn mir!!"

„Klages ...", begann Norbert, doch der hörte nicht mehr zu und eilte zu seinem Auto.

„Wenn du nichts tust, mach ich es!!", wiederholte er, bevor er ins Auto stieg und abfuhr.

Norbert und Anna drehten sich zu Andreas um. Andreas konnte nicht ertragen, wie sie ihn ansahen. So schrecklich mitleidvoll. Aber er brauchte kein Mitleid. Mitleid war etwas für Schwache. Dieser Klages konnte ihm keine Angst machen. Und sein dämlicher Sohn erst recht nicht. Die sollten sich besser vor ihm in Acht nehmen. Diese verdammten Landeier. Wütend trat Andreas gegen den Eimer, dass der Staub aufwirbelte, dann drehte er sich um und ging einfach in Richtung der Felder. Weg von Norbert, weg von Anna, weg von diesem Hof, einfach nur weg von allem. Andreas suchte sich keinen Weg, er bahnte sich seinen eigenen. Mitten durch das Weizenfeld. Die Halme knackten unter seinen harten Schritten, und er hinterließ eine Schneise, die irgendwann abrupt endete. Andreas sah auf. Er atmete die heiße Luft, die flirrend über dem Feld stand, roch den Duft des Weizens, den Duft von Ozon, er roch seinen Schweiß, und er roch seine Wut. Er sah ein Flugzeug am Himmel. Ein winziges, silbern glänzendes Flugzeug, das einen weißen Kondensstreifen hinter sich herzog. Er ballte seine Fäuste, streckte sie in den Himmel und schrie, so laut er konnte. Er schrie das Flugzeug an, so wie er es zu Hause immer tat, auf dem Dach des Supermarkts. Doch hier war es etwas anderes. Das Flugzeug war so weit weg von ihm. Und seine Stimme war so viel lauter als das Geräusch des Flugzeugs. Sein Schrei füllte die gesamte Luft um ihn herum und breitete sich in alle Richtungen aus, bis er überall zu hören war. Auf den Feldern, auf dem Hof, auf den Landstraßen, im Kiefernwald, über dem See. Andreas ließ sich in den Weizen fallen und blickte in den blauen Himmel über ihm. Er verfolgte das Flugzeug mit den Augen und fragte sich, was genau eben passiert war. Und dann glaubte er, die Antwort gefunden zu haben. Zum ersten Mal hatte er seine Stimme gehört. Zum ersten Mal war sie lauter gewesen als das Turbinengeräusch des Flugzeugs. Ja, das war es. Das Flugzeug war kleiner hier. Und er war irgendwie größer.

16. Kapitel

Nachts lag Andreas nur mit Boxershorts bekleidet im Bett. Es war so heiß, dass er keine Decke brauchte. Im Gegenteil. Er schwitzte im Schlaf, gefangen in einem Albtraum, der so real war, so zum Anfassen real, dass er nach dem Aufwachen einige Sekunden brauchte, um festzustellen, dass das dunkle Zimmer mit dem geöffneten Fenster zum Garten hinaus die Realität war.

Er hatte geträumt, wieder mit dem Fahrrad von Annas Mutter auf der Flucht zu sein. Er floh vor irgendetwas, ohne genau zu wissen, vor was oder vor wem. Doch dieses alte quietschende Fahrrad fuhr einfach nicht so schnell, wie es sollte. Andreas stand in den Pedalen, beugte sich weit über den Lenker und legte sein gesamtes Gewicht in jeden Tritt. Und trotzdem fuhr das Rad kaum schneller als Schrittgeschwindigkeit. Er stieg ab, weil er meinte, zu Fuß schneller zu sein. In dem Moment leuchtete plötzlich ein gleißendes Licht auf. Genauer gesagt waren es zwei Lichtkegel, die sich an der Stelle, wo er stand, überschnitten. Der Mähdrescher stand zehn Meter hinter ihm. Sein Motor grollte so tief, dass die Luft vibrierte. Die Haspel drehte sich wie eine Trommel aus Haifischzähnen, und in dem matten Licht in der Fahrerkabine konnte er Klages erkennen. Klages, der grinsend hinter dem Steuer saß. Andreas griff in seine Tasche, bekam das Sturmfeuerzeug zu fassen und warf es auf die Führerkabine. Das Glas zersprang, und augenblicklich schoss eine Stichflamme aus dem zerborstenen Glas, und die Kabine war mit Feuer angefüllt. Die Tür wurde aufgestoßen, und Klages sprang schreiend heraus. Andreas sah entsetzt zu, wie der Mann auf ihn zugelaufen kam. Sein Rücken brannte, und er schrie entsetzlich. Und als er näher kam, erkannte Andreas, dass die Person gar nicht Klages war, sondern seine Schwester. Diese große Schwester, die er sich immer gewünscht und tausendmal vorgestellt hatte. In diesem Moment wachte er auf.

Das Bettlaken war nass, seine Haare auch. Er strich sie zurück und setzte sich auf. Das Bild seiner imaginären Schwester stand ihm noch vor den Augen, und er schüttelte seinen Kopf, als könne er es damit aus seinem Gedächtnis schütteln wie einen Apfel von einem Baum. Nichts brauchte er jetzt dringender als eine Zigarette. Am Fenster zündete er sich eine an und stieß den Rauch hinaus in die schwarze Nachtluft. Aber irgendetwas störte ihn an dem Blick aus seinem Fenster. Etwas war anders als sonst. Da bemerkte er, dass rechts vom Hof her Licht auf die Pappeln fiel, die jetzt einen schwachen Schatten in den Garten warfen. Am Kuhstall musste das Licht noch brennen. Als Andreas noch einen Zug von der Zigarette nahm, huschte plötzlich ein Schatten vorbei. Jemand war zum Stall gelaufen. Unten im Haus rumpelte es. Sofort stellten sich bei Andreas die Nackenhaare auf, wie Antennen, die jede auch noch so kleine Veränderung um ihn herum aufnehmen wollten. Andreas' erster Gedanke war: Einbrecher! Doch dann fragte er sich, was man in einem Kuhstall klauen konnte. Jetzt hätte er sich auf keinen Fall wieder hinlegen und bis zum nächsten Morgen warten können. Er musste wissen, was da unten vor sich ging. Leise öffnete er seine Tür und horchte hinaus. Nichts. Alles schien zu schlafen. Bevor er nach unten ging, zog er sich lieber noch ein T-Shirt und seine Schuhe an. Man konnte ja nie wissen, ob man nicht vielleicht doch einen Einbrecher verfolgen musste, und dann sah man in Boxershorts und barfüßig ziemlich dämlich aus. Unten im Flur lag eine Jacke von Norbert auf dem Boden vor der Garderobe, und die Haustür stand offen. Andreas' Herz begann, schneller zu schlagen. Er wusste, dass das alles Anzeichen dafür waren, dass etwas passiert sein musste. Merkwürdigerweise kam er nicht auf die Idee, dass Norbert etwas zugestoßen sein könnte. Nein, es war Anna, die er sich krank, verletzt oder weinend vorstellte.

Er trat hinaus in den Hof. Pastor lag links neben der Tür und wedelte mit dem Schwanz, als er Andreas sah. Im Licht über dem Kuhstall schwirrten Mücken, und das Tor stand offen. Andreas hörte seltsame Geräusche, die er sich nicht erklären konnte, und ging näher heran. Auch drinnen brannte Licht. Es raschelte, und Norbert keuchte angestrengt. Dann wieder ein Rumpeln.

„Hol AC!", rief Norbert. Als Andreas seinen Namen hörte und auch die Not und Dringlichkeit in Norberts Stimme bemerkte, ging er schnell hinein, ohne darüber nachzudenken. Es war wie ein Nervenimpuls des Gehirns. Seine Beine bewegten sich wie von allein. Auf der rechten hinteren Seite in einem abgetrennten Teil kauerte Norbert am Kopf einer im Stroh liegenden Kuh, die immer wieder den Kopf nach oben riss und mit den Beinen ausschlug. Anna, die eben noch gekniet hatte, erhob sich, um Andreas zu holen. Sie erschrak ein wenig, als sie ihn sah. Andreas verstand die Situation nicht, in der er sich plötzlich befand. Er starrte nur auf die Kuh, die sich anscheinend in einem Todeskampf immer wieder aufbäumte.

„AC!", sagte Norbert erstaunt, fing sich aber schnell wieder. „Du musst mithelfen! Anna kann das nicht!"

„Stirbt sie?", fragte Andreas.

„Nein, sie kalbt! Sie kriegt Zwillinge!"

Andreas' Kehle schnürte sich zu. Er wollte etwas sagen, bekam aber keinen Ton heraus, also schüttelte er nur wortlos den Kopf.

„Doch! Musst du aber!", sagte Norbert. „Knie dich da an ihr Hinterteil!" Norbert hatte Mühe, den Kopf der Kuh ruhig zu halten. Bei jeder Bewegung kämpfte er mit all seiner Kraft dagegen an, damit sich die Kuh nicht verletzte. Andreas stand nur da und reagierte nicht.

„Los, jetzt!!", rief Norbert, und Andreas ging auf die Knie. Seine Muskeln waren ganz schwach. Seine Beine zitterten.

„Du nimmst jetzt den Strick da und ... ach vergiss es! Wenn du den Kopf und die Beine sehen kannst, packst du an den Beinen zu und ziehst das Kalb raus. Kräftig, aber nicht ruckartig!!"

Andreas konnte sich nicht vorstellen, dass er gleich den Kopf eines Kälbchens aus dem Hinterteil der Kuh kommen sehen würde. Das waren zwei völlig unvereinbare Bilder. Das war so undenkbar, dass es niemals passieren konnte. Und dann passierte es doch. Die Kuh stöhnte und presste tatsächlich zwei immer länger werdende Vorderbeine heraus. Der Anblick war so grotesk, dass Andreas beinahe gelacht hätte. Dann kam der Kopf. Er war fest auf die Beine gedrückt. Alles war nass und blutig, aber Andreas konnte den Kopf eines Kälbchens erkennen. Er sah die Augen, dann die Ohren und schließlich den ganzen Schädel.

„Zieh jetzt!!", rief Norbert. Andreas streckte die Hände aus, konnte aber nicht zupacken. Es kostete ihn zu viel Überwindung.

„Du musst ziehen!", sagte Anna plötzlich hinter ihm, und da legten sich seine Hände um die Vorderbeine, und er zog. Er spürte den Widerstand und beugte sich nach hinten. Er hielt den Atem an, schloss die Augen und zog weiter und immer weiter. Dann gab es ein matschiges Geräusch, der Widerstand gab nach, und Andreas fiel nach hinten in das Stroh. Die Beine in seiner Hand begannen zu leben, und erschrocken ließ er sie los. Zwischen seinen Beinen lag ein Kälbchen, ein lebendiges Wesen, das unbeholfen versuchte aufzustehen.

„Zieh es zur Seite! Gleich kommt das andere!!", befahl Norbert.

Anna half mit, und schon war der Weg frei für das zweite Kälbchen. Auch jetzt, beim zweiten Mal, hatte sich Andreas noch nicht an diesen Anblick gewöhnt, dass ein Lebewesen aus einem anderen herauskam. Mit den glitschigen Vorderbeinen des zweiten Kälbchens in den Händen musste Andreas wieder an die Fische denken. Die Fische, die er im Nebel vom Weg hatte auflesen sollen und die im Dunkeln nach ihm hatten beißen wollen. Und er hörte die Stimme des Anglers noch ganz deutlich in seinem Ohr, als stünde er hier mit im Stall. In diesem Moment zog er das Kalb aus dem Leib seiner Mutter. Ungelenk und scheinbar körperlich nicht dazu bestimmt, jemals gehen zu können, versuchte es dennoch, sofort aufzustehen. Norbert beruhigte die Mutterkuh und streichelte sie, bis er dann beide Kälber zu der Mutter hochzog, so dass sie ihre Zwillinge sauberlecken konnte. Andreas kippte ins Stroh. Er atmete schwer, sein

Puls raste. Die Geburt hatte nicht lang gedauert, dennoch konnte er sich nicht erinnern, jemals so erschöpft gewesen zu sein. So lag er ein paar Minuten ganz für sich im Stall, während Norbert und Anna sich um die Kuh und die Zwillinge kümmerten. Norbert melkte die Kuh und füllte die Milch in zwei Eimer, die an der unteren Seite eine Art Aufstecknuckel hatten, aus dem die Kälbchen ihre erste Muttermilch trinken konnten.

„AC?“

Andreas blickte zu Norbert.

„Gut gemacht!“

Andreas sah zur Seite. Er wusste nicht, warum, aber selbst ein solches Lob machte ihn irgendwie wütend. Wahrscheinlich, weil er hier zu allem gezwungen wurde. Niemand hatte gefragt, ob er das hier machen wollte. Er musste es einfach tun.

17. Kapitel

Die Weizenernte stand bevor. In den letzten Tagen hatte Andreas Norbert immer wieder dabei beobachtet, wie er den Mähdrescher auf seinen Einsatz vorbereitete. Wann immer er Zeit fand, inspizierte er den Motor, füllte Öl und Wasser nach, kümmerte sich um die Reifen und darum, dass jedes Gelenk, jedes Rädchen an dem Ungetüm gut geölt waren. Andreas spürte, dass Norbert sich wie ein kleines Kind auf die Ernte freute. Er zählte die Tage herunter, wie vor einem Geburtstag oder wie vor Weihnachten.

Der Tierarzt war gekommen und hatte die Kälbchen untersucht. Es waren beides Bullen.

„Mit Jungs hat man nur Scherereien!", hatte der Tierarzt gesagt, und Andreas wusste, dass er nicht von den Kälbern sprach, sondern dass er ihm einen Seitenhieb verpassen wollte, weil irgend so ein Dorftrottel, wahrscheinlich Klages, ihm von der Sache mit Steffen erzählt hatte und von der Sache mit dem Feuerzeug und dass er im Knast gewesen war. Die ganze verdammte Gegend hier wusste Bescheid, was er machte und früher gemacht hatte. Und alle hier hielten ihn für einen Brandstifter und Nichtsnutz. Gleich nach diesem Gedanken hätte Andreas sich fragen müssen, was er denn eigentlich war, wenn nicht ein Brandstifter und Nichtsnutz. Er hätte eine Antwort haben müssen, um die Vorurteile der Leute hier zu entkräften. Doch er stellte sich die Frage nicht. Er versuchte einfach, schnell an etwas anderes zu denken.

Noch zwei Stunden später beim Mittagessen war seine Wut gegenüber diesem Tierarzt, der eher wie ein verdammter Metzger ausgesehen hatte, kaum verflogen. Anna hatte Spaghetti gekocht. Sie dampften heiß in dem verdunkelten Esszimmer. Durch die schmalen Schlitze in den Rollläden drang Sonnenlicht ins Zimmer. Die feinen Lichtbalken auf Annas Gesicht sahen aus wie leuchtende Kratzer eines großen Tieres. Als ob ein Bär sie vor Jahren mit seiner Pranke geschlagen hätte. Andreas fragte sich, ob er auch so aussah, und blickte an sich herunter. Er saß frontal zum Fenster. Bei ihm wirkten die Lichtstreifen eher wie waagerechte Gitterstäbe.

„Wir haben noch gar keine Namen für die Zwillinge!", sagte Norbert und rollte sich die Nudeln auf die Gabel.

Es verging eine Weile, bis Anna sagte: „Ich finde, AC sollte ihnen die Namen geben, er hat sie zur Welt gebracht!"

Andreas aß weiter, ohne aufzuschauen.

„AC? Hast du eine Idee?", fragte Norbert.

„Is mir egal!"

„Komischer Name!", sagte Norbert, und Anna kicherte mit vollem Mund.

„Na los, lass dir mal was einfallen!"

„Ich will aber nicht! Kann ich jetzt weiteressen?"

Norbert wollte gerade etwas erwidern, als das Telefon klingelte. Er stand auf und nahm ab.

„Hallo? – Hallo, Günther! – Was!? – Wie ist das denn passiert? – Nein, is schon in Ordnung! Ja, ja, wir kommen schon klar, kein Problem! – Mach dir keine Sorgen! – Ja, ist gut! – Ja, gute Besserung! Tschüs!" Norbert legte auf und biss sich auf die Unterlippe.

„Jetzt haben wir ein Problem! Günther hat sich das Innenband gerissen beim Fußball!"

Andreas hatte keine Ahnung, wer Günther war, und er fragte auch nicht nach. Norbert setzte sich zurück an den Tisch. Nachdenklich schob er seinen Teller beiseite. Auch Anna überlegte.

„Vielleicht kann ja der alte Greiner einspringen! Früher hatte er doch auch einen Hof!", sagte sie.

„Greiner ist 76 Jahre alt! Der hat schon zwei Bypässe! Wenn ich den bei der Hitze da rausschicke, steht bald der Leichenwagen bei uns auf'm Hof! Nee, ich krieg aus der Gegend jetzt keinen mehr. Dieser Idiot! Warum muss der auch Fußball spielen!?", ärgerte sich Norbert und rieb sich das

Gesicht. Andreas hatte gerade seinen Teller leer gegessen, da drehte Norbert sein Gesicht aus seinen Händen zu ihm und musterte ihn. Andreas hatte kein gutes Gefühl dabei.

„Hast du Lust, einen Trecker zu fahren?"

„Fahr du doch!"

„Geht nicht, ich muss den Mähdrescher fahren! Wie alt bist du?"

„Im September werd ich sechzehn!"

„Die paar Wochen machen den Kohl auch nicht mehr fett! Was hältst du davon, wenn ich dir heute Treckerfahren beibringe? Ein Crashkurs, sozusagen. Und morgen kannst du ganz allein mit dem Ding aufs Feld raus, wie wär das?"

Andreas fühlte sich nicht gut. Wahrscheinlich hatte er zu viele Nudeln gegessen, oder die Soße war schlecht geworden bei der Hitze.

„Soll ich mich jetzt freuen, oder was?"

„Na ja, ich dachte, Jungs wie du wollen doch gerne Auto fahren und so. Der Trecker hat echt Power!"

„Ich bin nicht so 'n Dorftrottel wie die anderen hier!"

„Natürlich nicht. Hör zu, Andreas ..."

„AC!"

„AC, entschuldige. Ich habe ein echtes Problem hier. Günther ist ein Mitarbeiter von mir. Ohne ihn kann ich die Ernte nicht einbringen. Ich bräuchte mindestens zwei Tage, um mir einen Erntehelfer zu suchen, der obendrein noch'n Führerschein für'n Trecker hat. Wenn ich zwei Tage verliere, kostet mich das wirklich viel Geld. Ich bin vertraglich gebunden. Ich muss meine Erträge ausliefern ..."

„Das ist doch nicht mein Problem! Ich wollte hier nicht herkommen!"

„Ich weiß. Aber ich bitte dich. Ich brauche deine Hilfe. Du würdest mir und Anna damit einen großen Gefallen tun. Bitte!"

„Ich bin fertig!" Andreas stand auf und lief hoch in sein Zimmer. Anna sah ihren Vater an. Sie bekam immer Angst, wenn sie diesen Blick in seinen Augen sah. Einen sorgenvollen, konzentrierten und suchenden

Blick. Seine Augen suchten verzweifelt einen Ausweg. Doch sosehr sie sich auch bemühten, sie fanden einfach keinen. Irgendwie verloren die Augen dabei ihren Glanz, und ihre blaue Farbe wechselte in ein dunkles Grau. Sie kannte diesen Blick seit der Zeit, als ihre Mutter gegangen war. Vorher hatte ihr Vater nie diese grauen stumpfen Augen gehabt.

Norbert war bereits nach draußen gegangen, und Anna hatte den Abwasch beendet, als sie nach oben ging und vor Andreas' Zimmer stehen blieb. Sie wartete lange, bevor sie klopfte.

„Was!?", hörte sie Andreas' Stimme aus dem Zimmer dringen.

„Kann ich reinkommen?", fragte sie. Sie kämpfte schon jetzt mit den Tränen.

Andreas riss die Tür auf.

„Was willst du?"

„Kannst du dir's nicht noch mal überlegen? Papa braucht deine Hilfe, er ist doch ganz allein! Bitte, AC! Ich würde dir auch mein Taschengeld geben. Ich hab achtundfünfzig Euro gespart! In Ordnung?"

„Nichts is in Ordnung!"

„Soll ich das Geld holen, ja?"

„Nein!"

Anna senkte den Kopf, und ihre Augen verschwanden hinter ihrem Pony. Langsam drehte sie sich um und ging wieder hinunter. Andreas konnte seine Tür nicht schließen. Er hatte das Gefühl, es wäre das Gleiche, wie Anna einen Stoß in den Rücken zu geben, und sie würde die Treppe hinunterfallen. Er ließ die Tür offen und ging zurück ins Zimmer, wo er leise vor sich hin fluchte. Er war fürchterlich geladen. Dieses Mädchen machte ihn verrückt. Am liebsten hätte er jetzt etwas zerschlagen, zertreten oder in Brand gesteckt. Der Drang zu zerstören war immens groß. Hastig kramte er sein Handy heraus und sah sich noch mal die Bilder von dem brennenden Polo an. Erst jetzt beruhigte er sich ein wenig. Erst jetzt ließ die Wut ein wenig nach. Diese Wut, die in ihm brannte, genauso wie das Feuer in dem Wagen.

18. Kapitel

Es war nachts um halb drei, als Andreas das Licht in seinem Zimmer anknipste. Er konnte nicht schlafen. So viele Bilder rauschten durch seinen Kopf, Bilder, die etwas mit ihm anstellten, das er nicht verstand. Ihm war speiübel, als hätte er zu viel getrunken. Sein Herz raste, und sein Kopf schmerzte. Diese Bilder in seinem Kopf waren wie Geister, die an ihm zerrten und rissen und ihn irgendwohin verschleppen wollten, an einen Ort, der ihn verändern, einen anderen Menschen aus ihm machen würde, der er niemals sein wollte. Er hatte Angst, den Boden unter den Füßen zu verlieren, Angst, die Geister könnten ihn in Stücke reißen, und er müsste seine Überreste nachts im Nebel auflesen wie die Fische am See. Und wenn er sich wieder zusammengesetzt hatte und vor den Spiegel trat, würde er einen völlig anderen Menschen sehen, einen Fremden, und er würde für immer gefangen bleiben in dieser fremden Hülle.

Andreas wurde auf ein merkwürdiges Geräusch aufmerksam. Es klang wie Schritte, winzige schnelle Schritte. Das Fußgetrappel der Geister. Sie liefen auf dem Dach herum, tanzten vor seinem Fenster. Ein kühler Lufthauch erfasste Andreas und ließ ihn frösteln. Plötzlich krachte es ohrenbetäubend über dem Haus. Es donnerte. Es regnete in Strömen. Ein Blitz zischte zu Boden und warf flackerndes grellweißes Licht ins Zimmer. Schatten schlugen aus, und Andreas schloss die Augen. Als er sie öffnete, war alles wieder schwarz um ihn herum. Das Gewitter rollte wie eine Lawine über das Haus hinweg. Andreas war dankbar für diese Abkühlung, für diesen Wetterwechsel nach dieser langen Hitzeperiode. Er lief, so wie er war, nach unten und hinaus in den Regen. Der Hof stand zentimeterhoch unter Wasser. Die Tropfen prasselten in das stehende schwarze Wasser. Die Regenrinnen liefen über. Andreas streckte die Arme zur Seite und legte den Kopf in den Nacken. Er genoss den kühlen Regen und wollte alles, was ihn hier in dieser Einöde plagte, jeden verdammten Dämon von sich abwaschen. Alles sollte weggeschwemmt werden und in den gurgelnden Gullys für immer verschwinden.

Und als er vollkommen nass und ein weiterer schwerer Donner über ihn hinweggefahren war und ein weiterer Blitz sich in die aufgeweichte Erde entladen hatte, waren alle Bilder weg, die in seinem Kopf wie ein endloser Werbeclip gelaufen waren. Alle, bis auf eines. Andreas war jetzt ganz ruhig und entspannt. Er ging rüber zum Stall, schlüpfte durch das Tor, schaltete das Licht an und ging zu den beiden Kälbchen. Die Zwillinge standen in ihren kleinen Boxen und sahen ihn aus ihren großen schwarzen Augen an. Tropfen fielen von Andreas' Haaren und von seinem Gesicht. Lange sah er die Kälbchen an. Dann streichelte er ihre Köpfe, und sie leckten seine Hände.

„Keine Angst. Ist nur ein Gewitter. Alles in Ordnung. Alles in Ordnung."

19. Kapitel

Am nächsten Morgen war von dem Unwetter kaum noch etwas zu sehen. Nur im Hof standen ein paar kleinere Pfützen, und im Garten hatte der Wind einige Zweige von den Pappeln gebrochen, die jetzt im nassen Gras lagen. Der Himmel war wolkenlos, und die Sonne hatte in der Früh schon so viel Kraft, dass auf dem Asphalt der Landstraße die Feuchtigkeit in kniehohen Schwaden verdampfte.

Die Gewitter auf dem Land waren irgendwie anders als in der Stadt. Andreas hatte in Berlin schon viele Gewitter erlebt. Aber dort waren sie nie so nah wie gestern Nacht. Gestern hätte Andreas sich nur auf das Dach des Hauses stellen müssen, um die schwarzen schweren Wolken berühren zu können, meinte er. In Berlin donnerte es in größerer Höhe, dabei klang der Donner auch immer weicher und großflächiger. Auf dem Land krachte es hart, als existierte die Welt unter einer dicken Eisschicht, die unter einer großen Last zu brechen begann. Und die Blitze waren viel größer hier. Baumdick zuckten sie aus dem Himmel. Aber das lag auch sicher daran, dass einem in der Stadt ständig die Sicht versperrt war durch die hohen Häuser und Bauwerke. Was hatte Andreas schon aus seinem Fenster sehen können? Der Blitz hätte direkt in den Innenhof einschlagen müssen. Hier wurde einem durch nichts die Sicht genommen. Andreas konnte kilometerweit aus seinem Fenster schauen.

Er glaubte, sich an ein Gewitter erinnern zu können, als er noch sehr klein gewesen war. Er musste drei oder vier Jahre alt gewesen sein. Seine Mutter und er hatten bereits allein gelebt. An seinen Vater hatte er keine Erinnerung. Nur eine selbstgemachte kindliche Vorstellung von einem großen gesichtslosen Mann in einem Trenchcoat, weiter nichts. Er war der große Unsichtbare in seinem Leben. Immer fast spürbar präsent, aber nie zu sehen. Alles, was seine Mutter tat, und alles, was er selbst tat, schien auf eine gewisse Weise von seinem Vater beeinflusst. Er war das Zentrum ihres Lebens, ohne dass er jemals gewusst hätte, wo genau dieses Zentrum lag. Und an dieses Gewitter damals erinnerte er sich nur, weil es ihm so viel Angst gemacht hatte. Eigentlich war es nicht das Gewitter selbst, das diese Angst verursachte. Vielmehr war es das Verhalten seiner Mutter. Sie hatten sich in dem Regen in eine Telefonzelle gerettet, und seine Mutter hatte jemanden anrufen wollen. Ihre Hände waren so nass, dass ihr die Münzen aus der Hand glitten, und Andreas hatte sich in der engen Kabine danach bücken müssen, das wusste er noch. Dann hatte seine Mutter telefoniert, und schon nach wenigen Sekunden hatte sie ihn plötzlich rausgeschickt. Er verstand nicht, warum sie ihn wieder in den Regen hinausschickte, aber er tat, worum sie ihn gebeten hatte. Draußen sprang er in den Pfützen herum, aber nur so lange, bis er sah, dass seine Mutter in der Telefonzelle weinte. Sie war völlig verzweifelt, und ihr Gesicht war nur noch eine Grimasse. Ihre Schultern zuckten, und sie versuchte, in den Hörer zu sprechen, den sie mit beiden Händen umklammert hielt. Und das Beängstigende war, dass Andreas sie nicht hören konnte. Er sah ihren Schmerz, er sah sie weinen und schluchzen, aber er hörte sie nicht. Seine Mutter blieb stumm. Nur der Regen klatschte auf die Straße und zischte unter den Rädern der vorbeifahrenden Autos. Es war wie eine schreckliche Pantomime, unwirklich, aber dadurch nur noch intensiver. Am schlimmsten waren ihre Augen gewesen. Ihre Augen, die ihn entschuldigend ansahen und gleichzeitig in Schmerz und Trauer zu zerfließen drohten. Bis heute wusste er nicht, mit wem seine Mutter telefoniert hatte und über was sie gesprochen hatten. Er hatte nie gefragt und hatte auch in Zukunft nicht vor, es zu tun.

Anna saß allein am Frühstückstisch, als Andreas runterkam.

„Morgen, AC!", sagte Anna, und Andreas konnte sogar in ihrem Gruß hören, wie sie ihn um Hilfe anbettelte, auch wenn sie es nicht mit Absicht tat.

„Morgen!"

Andreas setzte sich und nahm sich ein Brot. Anna saß ganz steif hinter dem Tisch und blickte immer wieder nervös auf die Uhr. Auf ihrem Teller lagen noch keine Krümel, und ihr Messer war noch ganz sauber. Andreas kaute auf seinem ersten Bissen herum.

„Ich glaub, Papa hat verschlafen!“ Andreas fand das nicht sehr beunruhigend und aß weiter.

„Er hat noch nie verschlafen!“, sagte Anna.

„Weck ihn doch!“

Anna wollte gerade aufstehen, als oben die Tür aufsprang und Norbert ins Bad rannte. Anna lächelte erleichtert. Jetzt nahm auch sie sich ein Brot und begann zu essen. Andreas beobachtete sie aus dem Augenwinkel.

„Deine achtundfünfzig Euro kannste übrigens behalten!“, sagte er.

Anna sah aus, als hätte ihr jemand einen Eimer kaltes Wasser über den Kopf gegossen. Sie wandte ihr Gesicht ab und legte ihre Hände in den Schoß. Andreas beobachtete jede ihrer Bewegungen.

„Ich mach's auch so!“, sagte er dann. Er konnte nicht leugnen, dass er sich auf Annas Gesichtsausdruck freute. Ihr Kopf fuhr herum. Ihre Augen waren weit geöffnet und sprühten vor Hoffnung. Die Wimpern hoben ihren Pony an, und ihr Gesicht wirkte ganz hell.

„Wirklich?“, fragte sie. Andreas nickte nur, und schon fiel sie ihm um den Hals und drückte ihn ganz fest.

„Is ja gut!“, sagte Andreas.

Fünf Minuten später saß Norbert mit am Hinterkopf zu Berge stehenden Haaren am Tisch und schmierte sich eilig ein Brot.

„Scheiße! Ausgerechnet heute verschlaf ich! Ich hab den Wecker nicht gestellt, oder ich hab ihn ausgestellt und weiß es nicht mehr! Dieses blöde Gewitter hat mich die ganze Nacht wach gehalten!“

Oh Gott, hoffentlich hat er mich nicht gesehen, da draußen, hoffentlich hat er mich nicht gesehen! Und wenn doch, sprich mich niemals darauf an! Sag jetzt bloß kein Wort mehr! Vergiss dieses verdammte Gewitter!

„Seid ihr auch wach geworden?“

„Nur ganz kurz“, sagte Anna, und Andreas schüttelte den Kopf. An Norberts naivem Blick konnte Andreas ablesen, dass er ihn letzte Nacht nicht gesehen hatte. Er entspannte sich.

„Papa?“

„Tut mir leid, Schatz, ich hab nicht viel Zeit. Ich muss gleich raus. Will nur eben ein Brot essen!“

„Papa, AC wird den Trecker fahren!“

Norberts Bewegungen verlangsamten sich, als hätte jemand eine Bremse in seinem Kopf betätigt.

„Das ist doch ’n Scherz!“, sagte er.

„Is besser, als den verdammten Mist wegzuschaufeln!“

„Das ist es! Danke, AC! Das ist wirklich großartig!“ Norbert gab ihm einen Klaps auf die Schulter, und Andreas fühlte so etwas wie Stolz und Vorfreude, aber das hätte er sich nie anmerken lassen.

20. Kapitel

Nach zwei Stunden Fahrübungen auf dem Hof fühlte Andreas sich sicher genug, den Trecker auf dem Feld fahren zu können. Norbert war überrascht, wie schnell Andreas lernte, obwohl das Innere der Fahrerkabine mit seinen vielen Hebeln und Schaltern sehr verwirrend gewesen sein musste. Der Grund für Andreas' schnelle Auffassungsgabe war ganz einfach: Er wollte es. Er wollte lernen, wie man den Trecker fuhr, weil es ihm einen Höllenspaß machte. Die Faszination, eine Maschine zu steuern, die sich von allein bewegt, ist eine ganz tiefe und elementare Erfahrung, die einen schon im Kindesalter gefangen nimmt. Fahrradfahren und Kettcarfahren sind nur die Vorstufen, bevor dann der magische Moment kommt, in dem man in einer Maschine sitzt und ohne eigene Muskelkraft, nur durch das Drücken eines Pedals die Bewegung erzeugt. Diesen Moment hatte Andreas das erste Mal auf dem Rummel im Autoscooter erlebt. Seitdem war er süchtig nach diesem Gefühl. Er und seine Freunde verbrachten ganze Tage bei diesen Fahrgeschäften. Sie versuchten, Geld aufzutreiben, wann immer sich die Gelegenheit bot. Bestahlen ihre Eltern, klauten Geld in kleineren Läden oder zogen die Kohle von jüngeren Mitschülern ab. Und dann wurde gefahren. Was konnte es Besseres geben? Sie hatten leichtes Geld gemacht, fuhren Scooter zu lauter Musik, rauchten, tranken Bier und trafen sich mit Mädchen, denen sie mit ihrem coolen Gehabe imponierten. So sah in Andreas' Augen ein perfekter Tag aus.

Doch jetzt saß er auf einem Traktor mit 120 PS und überblickte alles. So groß und überlegen hatte er sich noch nie gefühlt. Neben ihm rotierten die riesigen Räder, der Motor grollte unter ihm, und er spürte eine pure Kraft, die ihm intravenös verabreicht wurde. Sie schoss durch seine Adern und verteilte sich in seinem ganzen Körper, drang bis in den letzten Winkel vor und machte ihn unbesiegbar. Hier oben auf dem Traktor konnte ihm nichts auf der Welt mehr etwas anhaben.

„Tut mir leid, aber der Trecker hat keine Klimaanlage", sagte Norbert und rieb sich mit einer Sonnencreme ein.

„Hat der Mähdrescher eine?"

„Ja!"

„Dann fahr ich den!"

Norbert lachte. Sein Gesicht und seine Arme waren ganz bleich. Jetzt wusste Andreas, warum Norbert nicht wie der Bauer aussah, wie er ihn sich vorgestellt hatte. So konnte kein Mensch braun werden.

„Du siehst aus wie 'n Gespenst!"

„Solltest dich besser auch eincremen! Da draußen auf dem Feld gibt es keinen Schatten!"

„Nee danke! Ich will nicht wie 'n Buchhalter aussehen!"

„Sehr nett! Danke! Wenn du bereit bist, können wir rausfahren!"

„Na, dann los!"

Norbert bestieg den Mähdrescher und ließ den Motor an. Anna kam aus dem Haus gelaufen, rief etwas zum Abschied und winkte. Die Motoren waren so laut, dass Andreas sie nicht verstehen konnte. Betont lässig folgte er dem Mähdrescher hinaus aufs Feld. Der alte Anhänger quietschte und schaukelte hinter dem Trecker. Die Federung in Andreas' Sitz war schon etwas ausgeleiert, und Andreas hüpfte bei jeder Erschütterung auf und ab. Norbert beschleunigte und stellte den Mähdrescher so ans Feld, dass Andreas nur noch neben ihn fahren musste. Er stieg aus und deutete Andreas an, wie er zu fahren hatte, damit er direkt neben dem Mähdrescher halten konnte. Andreas nahm die Kurve nicht großräumig genug, und als er anhielt, stand der Trecker zwar richtig, doch der Anhänger stand schief.

„Du musst vor- und dann rückwärts!", rief Norbert. Andreas nickte und fuhr den Trecker so weit nach vorn, bis der Anhänger parallel zum Feld stand. Dann versuchte er, den Rückwärtsgang einzulegen, schaffte es aber nicht. Fluchend ruckelte er am Schalthebel. Norbert stand plötzlich auf der Treppe vor der Fahrerkabine.

„Ganz ruhig! Lass dir Zeit! Wie wir es vorhin geübt haben!"

Andreas atmete einmal tief durch. Er schwitzte jetzt schon. Er legte den Gang ein, und diesmal klappte es. Norbert blieb noch auf der Treppe stehen und guckte nach hinten.

„Gut! Und jetzt langsam anfahren!" Andreas gab vorsichtig Gas, war aber zu schnell.

„Langsamer, langsamer!"

Andreas nahm das Gas etwas zurück und sah im Rückspiegel, wie der Anhänger nach rechts abdriftete.

„Nach rechts lenken! Rechts, rechts! Gut! Und geradeaus!"

Norbert dirigierte ihn bis neben den Mähdrescher.

„Und halt! Prima! So, jetzt ist es wichtig, dass wir dieselbe Geschwindigkeit haben! Ich lasse gleich das Rohr über den Anhänger fahren und tanke die ganze Zeit direkt ab. Das heißt, du musst ein Stück vor mir fahren und dich meiner Geschwindigkeit anpassen. Der Mähdrescher ist relativ schnell. Wir fahren so um die 20 km/h! Alles verstanden?"

Andreas nickte. Er war jetzt sehr unsicher geworden, ob er das alles hinkriegen würde. Das riesige Feld lag vor ihnen wie eine übergroße uneinnehmbare Festung. Plötzlich wünschte er sich zurück auf den Hof und in den Stall, zurück zu den einfachen Aufgaben. Hier lastete etwas auf seinem Brustkorb, das er nicht kannte und das ihm das Atmen erschwerte. Es war Verantwortung. Zum ersten Mal in seinem Leben spürte er Verantwortung für etwas.

„Wenn ich hupe, geht's los!"

Ich will aber nicht mehr! Ich geh lieber wieder zurück! Such dir einen anderen! Ist mir egal, was dich das kostet!

„Alles klar!", sagte Andreas. Norbert klopfte zweimal auf die Fahrerkabine und sprang ab. Er lief zum Mähdrescher und stieg ein. Vor dem Hintergrund des strahlend blauen Himmels und der gelben Felder, die von roten Mohnblumen eingerahmt wurden, sah der gebleichte Norbert aus wie eine Zeichentrickfigur. Als hätte man ihn in einen Realfilm hineinretuschiert. Die Haspel begann, sich zu drehen, und senkte sich auf die Ähren. Andreas' Herz schlug ihm bis zum Hals, und er musste schlucken. Sein Mund war ganz trocken, und seine Augen brannten. Dann ertönte die Hupe. Andreas sah, wie der Mähdrescher anfuhr, und vergaß dabei, selbst Gas zu geben. Schnell war Norbert auf seiner Höhe, und als Andreas dieses laute prasselnde Geräusch hörte, erschrak er fürchterlich. Das Rohr war jetzt direkt über seiner Fahrerkabine, spuckte einen dicken Strahl Weizenkörner auf das Glas und nahm Andreas die Sicht. Es wurde dunkel. Andreas hatte das Gefühl, verschüttet zu werden. Dann ebbte das Geräusch ab, und er konnte wieder sehen. Jetzt fielen nur noch einzelne Körner auf das Dach. Norbert saß grinsend hinter seinem Steuer und öffnete die Tür.

„Kleiner Fehlstart, was!? Mach dir nichts draus! Du fährst einfach los, wenn du bereit bist! Ich folge dir dann! Aber nicht zu langsam!"

Andreas nickte und hob die Hand zum Zeichen, dass er verstanden hatte. Dann legte er den ersten Gang ein und fuhr los. Die großen Räder setzten sich in Bewegung und pflügten sich durch das Feld. Andreas sah auf die zitternde Tachonadel, die jetzt bei 10 stand. Er drückte fester aufs Gaspedal, und der Trecker rumpelte los. Er hörte ein Rauschen und schaute in den Rückspiegel. Der Mähdrescher folgte im Abstand von fünf Metern und fraß sich wie ein Heuschreckenroboter durch das Feld. Staub wirbelte auf, der von kleinen glänzenden Partikeln durchsetzt war, die in der Sonne glitzerten. Aus dem Rohr schoss ein dicker Strahl in den Anhänger und verursachte eine weitere Staubwolke. Bald legten sich die trockenen Niederschläge auf die Scheiben des Treckers, und die Sicht wurde immer schlechter. Die Sonne fiel durch die Fenster wie durch ein Brennglas. Es wurde heiß. Seine Haut brannte. Er atmete heiße Luft in seine Lungen und schwitzte, dass die Tropfen nur so an seinem Körper herabliefen. Aber er fuhr. Er fuhr einen Trecker, ganz allein, ganz eigenverantwortlich. Und je länger er fuhr, desto besser fühlte er sich. Mit jedem Meter wuchsen sein Spaß und seine Freude und die tiefe Sicherheit, dass er etwas tat, das absolut richtig war. Und jetzt verstand er, warum Norbert sich wie ein Kind auf diese Ernte gefreut hatte. Allein dort draußen zu sein in der Weite der Felder, die wie ein goldgelbes Meer in der Sonne lagen, überdacht von einem blauen Himmel, und man selbst saß in einer Maschine, spürte ihre Kraft und glitt langsam und gleichmäßig vorwärts. Man sah, hörte, roch und spürte so viele Dinge gleichzeitig, dass man selbst ganz ruhig dabei wurde. Es war eine ganz stille Freude, die Andreas dabei empfand. Alles reduzierte sich nur noch auf die eigene Mitte. Andreas fühlte sie wie eine faustgroße, schwerelose Kugel, knapp unterhalb seines Herzens, inmitten seines Brustkorbs. Sein Zentrum. Nach einer Weile war ihm, als ob die Geräusche der Motoren ausgeblendet wurden und er lautlos über die Felder schwebte. Andreas sah zwei junge Bussarde am Himmel ihre Kreise ziehen. Und er hätte schwören können, ihre Schreie zu hören.

21. Kapitel

Am Ende des Tages hatten Andreas und Norbert fünf Anhänger voll geerntet und sie zu einem regionalen Getreidesilo in der Nähe von Jerichow gebracht. Norbert erlaubte Andreas sogar, auf der Landstraße zu fahren.

„Und wenn uns die Bullen erwischen?", hatte Andreas gefragt.

„Ich kenn die Polizisten hier alle!", hatte Norbert geantwortet.

Als sie die letzte Fuhre ins Silo gebracht hatten und endlich dem Feierabend und einer kalten Dusche entgegenfuhren, war die Sonne bereits hinter dem Horizont verschwunden. Der Himmel leuchtete wie die Glut eines großen, langsam heruntergebrannten Feuers, und als sie den Hof von Heiner passierten, sah das schwarze Holzgerippe des ausgebrannten Stalls so aus, als würde es noch immer glimmen. Aber es war nur die Reflexion des Abendlichts auf den zu Kohle verbrannten Holzbalken. Andreas schaute nicht zu lange auf dieses Phänomen, auch wenn es ihn faszinierte. Er wollte nicht, dass Norbert bemerkte, dass es ihn faszinierte. Er wollte nicht verdächtig wirken, und er wollte nicht verdächtigt werden.

„Hast 'ne Menge Geld verdient heute!", sagte Norbert. Er saß neben Andreas in der Fahrerkabine und musste laut sprechen, damit Andreas ihn verstand.

„Deine Mutter hat ein paarmal angerufen. Sie macht sich Sorgen und sagt, dass sie dich auf deinem Handy nie erreichen kann!"

Jetzt verdirb mir bitte nicht den Tag! Lass es einfach sein!

„Du gehst mit Absicht nicht ran, stimmt's?"

„Und wenn?"

„Ich hab ihr gesagt, dass es dir gut geht!"

„War sie wieder besoffen?"

Norbert antwortete nicht gleich. Er überlegte lange, was er jetzt sagen konnte, ohne Andreas zu nahe zu treten.

„Wie schlimm ist es denn?“

Beinahe hätte Andreas ihm tatsächlich erzählt, wie es zu Hause aussah und wie er seine Mutter und den ganzen verdammten Alltag hasste. Um ein Haar hätte er es gesagt. Andreas trat auf die Bremse und hielt an.

„Ich geh zu Fuß!“, sagte er.

„Komm schon, AC! Das ist doch albern!“

Andreas zwängte sich an Norbert vorbei und stieg ins Freie.

„Los, komm wieder rein!“

„Ich geh zu Fuß! Bist du taub, oder was?“

Norbert sah ein, dass es keinen Zweck mehr hatte zu versuchen, Andreas umzustimmen. Er schloss die Tür und fuhr los.

Andreas hatte noch gut drei Kilometer Fußmarsch vor sich. Wenn er querfeldein ging, war der Heimweg etwas kürzer.

Es war fast dunkel, als Andreas den Hof erreichte. Pastor begrüßte ihn mit einem Schwanzwedeln. Im Erdgeschoss war das Licht bereits gelöscht. Norbert und Anna mussten schon im Bett sein. Andreas betätigte den Lichtschalter und entdeckte auf dem Tisch einen Zettel und einen kleinen Fächer aus Geldscheinen. Es waren ein Fünfziger, ein Zwanziger und drei Zehner. Auf dem Zettel stand: 12 Stunden à 8 Euro, macht 96 Euro. Plus 4 Euro Kilometergeld. Andreas lächelte und nahm das Geld an sich. Er entschied sich, auch gleich nach oben ins Bett zu gehen. Er konnte sich nicht erinnern, jemals so müde gewesen zu sein. Seine Füße schmerzten, seine Augenlider waren schwer wie Blei, ebenso wie seine Knochen. Mit letzter Kraft schleppte er sich in sein Zimmer und ließ sich aufs Bett fallen. Am nächsten Morgen meinte er, noch im Fallen eingeschlafen zu sein.

22. Kapitel

Norbert musste ihn durch lautes Rufen und Klopfen wecken. Andreas hatte so fest geschlafen, dass er sich an keinen Traum erinnern konnte, und meinte, er hätte höchstens eine halbe Stunde im Bett gelegen. Tatsächlich war die Sonne längst aufgegangen, und Norbert und Anna hatten bereits gefrühstückt. Beim Aufstehen spürte Andreas jeden Knochen in seinem Körper. Alles schmerzte, obwohl er doch nur auf dem Trecker gesessen hatte. Sogar seine Haut tat ihm weh, was aber an dem Sonnenbrand lag, den Andreas erst jetzt bemerkte. Seine Unterarme und seine rechte Gesichtshälfte waren tiefrot verbrannt. Irgendwann hatte er trotz des Staubes die Seitenfenster geöffnet, und er hatte gedacht, dass die tiefstehende Sonne nicht mehr so viel Kraft hatte. Doch da hatte er sich wohl gründlich getäuscht.

Draußen auf dem Feld waren die Schmerzen nach wenigen Minuten Arbeit wieder vergessen. Heute hatte er sich sogar ohne weiteren Rat von Norbert mit der Sonnencreme eingerieben und sah nun auch aus wie ein Zeichentrickmännchen bei der Feldarbeit. Der Wind ging etwas stärker als am Tag zuvor und blies über die Kornfelder, strich über die Pflanzen, drückte sie nieder, dass sie ihre Farbe in dunklere und hellere Töne wechselten, so als würden unsichtbare Geister durch die Ähren huschen. Die beiden Bussarde ließen sich wieder durch die Lüfte gleiten und wurden ab und zu von frechen Krähen attackiert. Norbert hatte eine Kühlbox dabei, und wenn sie viermal das Feld rauf- und runtergefahren waren, hielt er an und warf Andreas eine kühle Flasche Wasser zu, die er dann in einem Zug austrank. Da sie heute früher begonnen hatten als gestern, schafften sie es wieder, fünf Wagenladungen voll ins Silo zu transportieren. Zwei weitere Wagenladungen wollte Norbert in sein eigenes Silo bringen, das ebenso wie der Heuschober links neben dem Stall untergebracht war. Doch bereits nach der ersten Ladung blickte Norbert auf die Uhr und winkte ab.

„Die Zweite machen wir morgen! Für heute ist Schluss!"

Andreas war erleichtert. Insgesamt lief die Arbeit jetzt viel flüssiger und schneller, doch die Erschöpfung war nicht mehr die gleiche wie am ersten Tag, sie wurde immer größer. Müde und kraftlos kletterte Andreas vom Trecker und humpelte Seite an Seite mit Norbert ins Haus.

„Anna!?", rief Norbert, und das kleine Mädchen kam aus dem Garten hereingelaufen, wo es die Wäsche aufgehängt hatte.

„Ich finde, wir haben heute alle gute Arbeit geleistet. Und zur Belohnung möchte ich euch gerne zum Essen einladen!"

Annas erster Blick ging zu Andreas, fast als müsse sie ihn erst um Erlaubnis bitten, um antworten zu dürfen.

„Prima! Ich würd gerne!", sagte sie mit ihrer hellen Glasstimme, und ihre Antwort klang mehr wie eine Frage.

Norbert sah Andreas an. Es war das erste Mal, dass ihn jemand zum Essen einlud. Er hatte noch nie ein Restaurant von innen gesehen, zumindest nicht, um dort zu Abend zu essen. Er war natürlich in vielen Kneipen gewesen, hatte Zigaretten aus dem Automaten gezogen, Bier getrunken, und früher, daran konnte er sich plötzlich auch erinnern, hatte er öfter seine Mutter gesucht. Sie war immer in einer Eckkneipe, nur ein paar Schritte von ihrer Wohnung entfernt, und Andreas war dorthin gelaufen, wenn er vor verschlossener Tür stand, um von seiner Mutter den Schlüssel zu holen. Obwohl er im Wohnzimmer von Norbert stand, hatte er den Geruch der Kneipe in der Nase. Den Zigarettenrauch, das fettige Essen aus der Küche, abgestandenes Bier, den Uringestank aus den Toiletten und den alten muffigen Filzteppich, der an einigen Stellen so dünn war, dass die dunklen Holzdielen durchschimmerten. Er hörte die Stimmen der Leute an der Bar und die krächzende Stimme des Besitzers, der mit seinem grauen Gesicht und seinem schmutzigen Vollbart immer hinter der Theke stand und Bier zapfte. Er hatte ihn nie etwas anderes tun sehen, außer Bier zapfen.

„Komm Andy, setz dich, willst 'n Bier?", hatte er jedes Mal gefragt, wenn Andreas hereinkam. Irgendwann war Andreas sitzen geblieben, hatte ein Bier getrunken, und alle hatten ihm lachend auf den Rücken geklopft.

„Was ist, hast du Lust?", fragte Norbert.

„In Ordnung!"

„Super, dann duschen wir erst und fahren gleich los!"

Norbert fuhr zu einem Italiener, weil er Appetit auf frischen Fisch hatte. „Ich nehm die große Fischplatte! Da sind so große Gambas mit drauf!", sagte er und maß die Länge mit Daumen und Zeigefinger ab. Wieder sah Andreas diese kindliche Freude in Norberts Gesicht. Dieser Abend war etwas Besonderes für ihn. Er war ganz aufgeregt und redete im Wagen ununterbrochen, bis er auf den Parkplatz fuhr und das Schild im Fenster las. „Ferien bis 15. September!"

„Ferien? Die können doch keine Ferien machen!", rief Norbert. „Ich will hier eine große Fischplatte essen!"

Enttäuscht ließ er sich in den Sitz zurückfallen.

„Und jetzt?"

Er sah Anna im Rückspiegel an.

„Zu Eckard?", fragte sie.

„Der hat keine große Fischplatte!"

„Aber der hat auf! Und das Essen ist gut."

Norbert griff stöhnend ans Lenkrad und schob den ersten Gang ein.

„Tut mir leid, AC! Gibt doch nur Schnitzel heute!"

Andreas sagte nichts. Ihm war es sogar lieber so. Er hätte nicht gewusst, was er bei dem Italiener hätte bestellen sollen oder ob er überhaupt die Karte hätte lesen können. Sicher stand alles auf italienisch darauf, und bis auf Spaghetti und Pizza kannte er nichts. Sie fuhren noch ein paar Kilometer zu einem Restaurant direkt an der Landstraße. Es war ein gepflegtes rotes Fachwerkhaus, das aussah wie eine Scheune. Heugabeln hingen gekreuzt über der schweren hölzernen Eingangstür, und in zwei Eichenfässern links und rechts neben der Tür waren weiße Blumen gepflanzt, die in der Dämmerung ungewöhnlich hell leuchteten. Die Tür stand offen, und ein Duft von Bratkartoffeln und gebratenen Zwiebeln drang heraus. Andreas hatte einen riesigen Hunger. Er glaubte, er müsse heute zwei Essen bestellen, um satt zu werden.

Drinnen tauchten auf den Fensterbänken Stehlampen mit gelben Schirmen und eine große, aus einem Wagenrad gebaute Deckenlampe den Raum in ein schummriges Licht. Überall standen und hingen alte landwirtschaftliche Geräte von der Decke, die das Licht schluckten und den Raum sehr eng erscheinen ließen. Rechts an der Wand erstreckte sich hinter einem längeren, nicht besetzten Tisch die Theke. Links, auf der Fensterseite, standen hintereinander sechs schwere Eichentische mit jeweils fünf Stühlen, und hinter einer durch ein Holzgitter abgetrennten Nische gab es noch einen runden Tisch, der aber nur schlecht einzusehen war. Eckard, der Besitzer, stand hinter dem Tresen und zapfte Bier. Er hob die Augenbrauen, als er Norbert sah, öffnete den Mund, der aber sofort wieder zuklappte, sobald er Andreas entdeckt hatte. Die Augenbrauen schoben sich nach unten und zusammen, und er grüßte nur mit: „Norbert!"

„Hallo, Eckard!", rief Norbert gut gelaunt und schlug einmal auf den Tresen. Es sah aus wie ein Ritual, das er schon tausendmal praktiziert hatte und das jeder von ihm erwartete.

„Is noch was frei?", fragte Norbert, obwohl nur der runde Tisch und der vorletzte Tisch links besetzt waren.

„Wie du siehst!", sagte Eckard kurz.

„Wo wollen wir?", fragte Norbert, nachdem er sich zu Anna und Andreas umgedreht hatte. Anna zuckte mit den Schultern. Andreas spürte wieder eine Übelkeit in sich hochsteigen, und wünschte, er wäre zu Hause geblieben.

Oh Gott, ich kann hier nichts essen. Lass uns wieder fahren, lass uns schnell wieder nach Hause fahren!

„Na, dann nehmen wir doch gleich den hier!", sagte Norbert und zog einen Stuhl heraus, um sich zu setzen.

Hoffentlich geht das alles hier schnell über die Bühne! Andreas setzte sich neben Anna, Norbert gegenüber. Eckard kam zu ihnen und legte drei Speisekarten auf den Rand des Tisches.

„Schon was trinken?", fragte er.

„Also ich nehm ein großes Bier!", sagte Norbert.

„Ein Wasser!", sagte Anna.

„Ich auch!", sagte Andreas.

„AC, du kannst trinken, was du willst!"

„Is schon in Ordnung so!", sagte Andreas.

Eckard ging wieder, und Norbert verteilte die Speisekarten.

„Ich könnt 'n Pferd verdrücken!", sagte er und klappte die Karte auf. Alle drei lasen mit gesenkten Köpfen in den in Kunstleder eingebundenen Mappen. In der Küche zischte und klimperte es. Der Zapfhahn am Tresen röchelte, und hinten lachte jemand. Norbert drehte sich plötzlich irritiert um.

„Eckard!? War das Klages eben!?", rief er. Eckard tat überrascht.

„Ja, ja, der sitzt da hinten!"

„Warum sagst du denn nichts?", fragte Norbert, aber Eckard zog nur ahnungslos die Lippen nach unten.

„Ich komm gleich wieder!", sagte Norbert und stand auf. Anna und Andreas lehnten sich zur Seite, so dass sie besser sehen konnten, wer dort hinten am runden Tisch saß. Andreas erkannte die linke Schulter von Klages, den Rücken von Heiner und die dicken Finger von Benno. Ein hagerer Kerl mit schlechten Zähnen und einem kantigen Kieferknochen saß noch bei ihnen. *Wahrscheinlich noch ein Bauer*, dachte Andreas.

„He, was macht ihr denn alle hier!?", fragte Norbert kumpelhaft, und es wurde still. Die Männer sahen ihn an und wussten nicht, was sie antworten sollten.

„Hab ich was verpasst? Stammtisch außer der Reihe?" Klages und Heiner sahen sich an, und Klages bemerkte Anna und Andreas.

„Was ist los mit euch?"

„Du hast Nerven, den verdammten Feuerbock auch noch hier mit hinzubringen!", grunzte Klages.

„Was ... was soll das? Wir gehen nur essen!"

„Na, dann lasst es euch mal gut schmecken!"

„Klages, ich verstehe, dass du sauer wegen Steffen bist! Das war auch eine ganz blöde Sache, die Andreas da gemacht hat."

„Aber?", fragte Klages nach.

„Aber der Junge hat nichts mit dem Brand auf Heiners Hof zu tun, um Himmels willen!"

„Woher willst du das so sicher wissen? Weißt du, was der nachts so treibt? Bewachst du den Jungen Tag und Nacht?"

„Das ist doch Quatsch!", fuhr es Norbert heraus.

„Komischer Zufall, findest du nicht? Da kommt ein verurteilter Brandstifter hierher, und schon geht ein Hof in Flammen auf. Ist vorher nie passiert! Zumindest nicht, solange ich hier lebe!"

„Heiner, glaubst du das etwa auch? Hat die Polizei nicht schon irgendwas rausgefunden? Der Junge war es nicht! Dafür leg ich meine Hand ins Feuer!"

Direkt als Norbert den Satz ausgesprochen hatte, wusste er, wie unpassend diese Bemerkung war.

„Verbrenn dich nicht!", sagte Klages.

„Leute, das kann doch nicht sein! Ich wollte nur einen netten Abend hier verbringen, aber ihr sitzt hier und haltet Kriegsrat! Benno, was sagst du denn dazu?", fragte Norbert und wollte sich einen freien Stuhl heranziehen, doch der Hagere mit den schlechten Zähnen legte seine große Hand darauf.

„Hier ist kein Platz mehr frei!", sagte Klages, und der Hagere nickte.

„Ihr seid doch verrückt!", sagte Norbert bestürzt.

„Jetzt nimm deinen Feuerbock und geh nach Hause! Und am besten schickst du den Jungen mit dem ersten Zug zurück nach Berlin, bevor er hier noch mehr Schaden anrichtet!"

„Der Junge ist mein Neffe! Und er bleibt!", sagte Norbert scharf und drehte sich um. Andreas sah eine Wut in seinem blassen Buchhaltergesicht, die er nicht für möglich gehalten hatte.

„Wir gehen!", sagte Norbert. Anna und Andreas standen auf. Auch Klages erhob sich, und Andreas konnte sein breites Gesicht hinter dem Holzgitter erkennen. Ihre Blicke trafen sich, und Andreas wäre am liebsten über alle Tische zu dem verdammten Kerl gesprungen und hätte ihm sein hässliches Gesicht eingeschlagen. Seine Hände waren schon zu Fäusten geballt, und er schnaubte wütend durch die Nase, als Norbert ihn an der Schulter packte und aus dem Restaurant zerrte.

Im Auto schwiegen sie eine ganze Weile. Anna war auf dem Rücksitz so sehr zusammengesunken, dass sie kaum noch zu sehen war. Andreas biss auf dem Ärmel seiner Jacke herum.

„Tut mir leid, AC! Tut mir echt leid! Ich kann mich nur entschuldigen für das, was Klages gesagt hat!"

In diesem Moment fühlte Andreas etwas, das er zunächst nicht einordnen konnte. Es war ein ganz sonderbares Gefühl, das das Auto anfüllte wie ein unsichtbares Gas, das durch die Lüftung ins Wageninnere gelangte und ihn beim Einatmen zu kitzeln schien. Irgendwo in seinem Bauch kitzelte es ihn. Er fühlte, dass er und Norbert und Anna eine Einheit bildeten. Aber eben nicht nur räumlich, weil sie zusammen im Auto saßen, sondern er fühlte sich ihnen auf irgendeine Weise verbunden. Es war, als ob sein Zentrum, diese schwerelose Kugel mitten in seinem Brustkorb etwas unterhalb des Herzens, wusste, dass sie zusammengehörten, eine Familie waren. Andreas hatte nie erlebt, dass sich jemand für ihn eingesetzt und ihm einfach blind vertraut hatte. Norbert hatte sich auf seine Seite und gegen seine alten Freunde gestellt. Andreas wusste nicht, ob er mit so viel Vertrauen überhaupt umgehen konnte. Oder ob er es verdiente.

„AC? Alles in Ordnung? AC?"

Andreas hörte den Namen, den seine Freunde ihm gegeben hatten, aus Norberts Mund, und er klang einfach nur noch albern. Norbert machte sich jedes Mal lächerlich, wenn er diesen Namen aussprach. Und Andreas wollte nicht, dass Norbert sich lächerlich machte.

„Du kannst mich auch einfach Andreas nennen!“, sagte er.

23. Kapitel

Seit dem Gewitter hatte Andreas jeden Abend, wenn Norbert und Anna schon in ihren Zimmern verschwunden waren, die beiden Kälber besucht. Er ging zu ihnen, streichelte sie, redete mit ihnen und fragte sie nach ihrer Meinung. Sie konnten ihm natürlich keine Antworten auf seine Fragen geben. Aber es reichte einfach, sie zu fragen. Die Antworten waren nicht mehr wichtig.

Pastor schlief jetzt immer vor seiner Zimmertür, und jeden Morgen, wenn Andreas das Zimmer verließ, musste er über ihn hinwegsteigen. Jedes Mal fluchte er dabei über den Hund. Und es machte Spaß, über ihn zu fluchen.

Im Garten hing Andreas' Wäsche nun neben Norberts und Annas Wäsche auf der Leine. In der ersten Zeit hatte Andreas seine Wäsche immer dann heimlich in die Maschine gestopft, wenn er sicher war, dass Anna oder Norbert ihn nicht dabei erwischen konnten. Er wollte einfach nicht, dass sie sahen, wie er seine Wäsche wusch. In einem Werkzeugkasten unten im Keller hatte er feinen Draht gefunden, den er in seinem Zimmer vom Fenstergriff zu einem Kleiderhaken an der Wand gespannt hatte, um daran seine Wäsche aufzuhängen.

Andreas wurde von dem Alltag hier auf dem Land nach und nach einfach eingesogen. Irgendwann lief plötzlich alles automatisch, irgendwann war er plötzlich angepasst an das Leben hier und arrangierte sich damit, ohne darüber nachzudenken. Seine Fluchtpläne blieben in seinem Kopf. Die wollte er nicht loslassen. Doch manchmal musste er sich zwingen, an sie zu denken.

An einem Mittwoch zur Mittagszeit hatten sie 24 Hektar Weizenfelder abgeerntet. Das Wetter war heiß und trocken geblieben. Gleich nach dem Mittagessen konnten sie wieder rausfahren und mit der Ballenpresse das Stroh von den Stoppelfeldern auflesen. Norbert wollte mit Andreas zusammen auf dem Trecker fahren und ihm alles erklären, und wenn er auch dabei so geschickt wäre, meinte er, könnte er sogar ganz allein die Arbeit verrichten.

„Dann kann ich gleichzeitig die Kühe wieder melken", hatte Norbert gesagt, und Andreas hatte die Hast in seiner Stimme gehört. Sosehr Norbert diese Arbeit liebte, stand er dennoch unter einem hohen Leistungsdruck. Man konnte diesen Druck in jeder Bewegung und in jedem Lächeln, das er sich manchmal abringen musste, ablesen.

Um drei Uhr nachmittags fuhr Andreas allein mit dem Trecker und der Rundballenpresse im Schlepptau über die Felder. Jetzt, wo er so ganz auf sich allein gestellt war, wuchs sein Verantwortungsgefühl noch mehr, und er stellte sich keine Fragen wie „Wann ist endlich Feierabend?" oder „Wie lange muss ich noch?" Stattdessen wurde das Feld zu seinem Feld, die Aufgabe zu seiner Aufgabe, und er entwickelte einen eigenen Anspruch an sich selbst. Andreas war motiviert. Er hatte die Dinge in die Hand genommen, und er würde sie so gut es ging erledigen.

Als die Sonne sich auf die Spitzen der Kiefern senkte, die Schatten immer länger wuchsen und das Licht von weiß zu gelb, von gelb zu orange und schließlich von orange zu rot gewechselt hatte, stand Norbert hinter dem Kuhstall und winkte und pfiff Andreas zu. Für heute war seine Arbeit erledigt. Er fuhr quer über das Feld auf Norbert zu und drehte sich, kurz bevor er ihn erreicht hatte, noch mal um. Da lag seine Arbeit auf dem Feld. Da lag das Ergebnis direkt vor ihm, verteilt auf acht Hektar Land. Andreas musste anhalten, um diesen Anblick zu genießen. Die Strohballen lagen in der Abendsonne und warfen einen runden Schatten auf die rötlich schimmernde Erde. Sie sahen aus wie magische, fremdartige Gebilde, vollkommen rund und in perfekter Formation. Sie waren geheimnisvoll und unergründlich wie ein Weltwunder, natürliche Kunstwerke, die eine höhere Macht geschaffen hatte. Andreas war mit Busta, Pocket und TJ schon oft an Kunstgalerien in Berlin vorbeigegangen, hatte diesen albernen Quatsch in den Räumen gesehen und die verdammten Idioten, die dort herumliefen, sich alles ansahen mit erhobener Nase und auf dem Rücken verschränkten Armen und das, was sie sahen, auch noch für Kunst hielten. Und diese albernen Typen, die sich für Künstler ausgaben, nur weil sie irgendeine affige Frisur trugen und Pullunder aus den Siebzigern und schwarze Hornbrillen aus den Fünfzigern und Retroschuhe von Adidas. Diese Typen sahen alle gleich aus. Aber das hier war so echt, so einfach und so vollkommen natürlich. Strohballen auf einem Feld, die aus nichts anderem entstanden waren als aus einer zweckmäßigen Arbeit, und trotzdem sahen sie aus wie Kunst von beeindruckender Größe. Andreas hatte in einem Schulbuch mal ein Bild gesehen, wo einer versucht hatte, eine solche Szene abzumalen. Er verstand jetzt, warum der Mann das Bild gemalt hatte. Um diesen Moment für die Ewigkeit festzuhalten. Eine Ewigkeit hätte Andreas auch dort sitzen können, um dieses Bild zu betrachten. Er war fasziniert und bemerkte nicht einmal, dass Norbert ihn rief und schließlich zu ihm auf den Trecker stieg.

„He, was ist los?"

„Mmmhh?"

„Sieht toll aus, was?"

Andreas nickte nur.

„Das hast du gemacht! Gute Arbeit! Jetzt komm, Anna hat was vor mit dir."

Andreas fuhr auf den Hof, wo Anna mit den beiden Pferden wartete.

„Ich kümmer mich um den Trecker und die Presse! Geht ihr mal los!", sagte Norbert, und Andreas lief zu Anna hinüber.

„Ich dachte, wir könnten runter zum Fluss reiten und schwimmen gehen?", sagte Anna.

„Zum Fluss reiten und schwimmen gehen?", wiederholte Andreas laut. Er musste ungläubig lachen.

„Warum lachst du?"

„Weiß nicht, das klingt so ... so alt! Zum Fluss reiten und schwimmen gehen."

„Willst du oder willst du nicht?"

„Ich kann nicht reiten!"

„Das ist egal!"

„Nee, ich glaub nicht."

„Na gut!", sagte sie und senkte den Kopf. Sie zog die Pferde von Andreas weg. Andreas war überrascht, wie schnell sie aufgab und seine Antwort akzeptierte. Er dachte an das Bild, das mit dem Gesicht nach unten in der Schublade ihres Schreibtisches lag.

„Wie komm ich denn da rauf?", rief er ihr hinterher. Anna drehte sich um, und ein Lächeln leuchtete auf ihrem Gesicht.

„Ich zeig's dir!"

Anna half Andreas auf das Pferd aufzusteigen.

„Und was soll ich jetzt machen?" Andreas hatte Respekt vor der Höhe und der Größe und Kraft des Tieres.

„Keine Angst, du brauchst gar nichts machen! Stinker kennt den Weg!"

„Aber langsam!"

„Ja, ja, keine Angst!"

Anna schwang sich auf Trottel, und schon trabten die Pferde los. Andreas griff fester in die Zügel. Stocksteif saß er im Sattel, als erwarte er, dass das Pferd sich jeden Moment aufbäumte und mit ihm durchging.

„Entspann dich!", sagte Anna, und ihre Stimme klang ungewöhnlich fest.

„Ich bin entspannt!"

Sie ritten über das Stoppelfeld auf einen kleinen Weg, auf dem sie fünf Minuten blieben, bevor sie ihn wieder verließen und über ein weiteres wild bewachsenes Feld ritten. Hinter einem großen Gebüsch, das wie eine grüne Wolke auf dem gelben kniehohen Gras lag, stand eine Reihe von Bäumen, durch deren Mitte sich ein Fluss schlängelte. Dahinter stand die Sonne wie eine glutrote Kugel über dem Horizont. Die Pferde blieben stehen.

„Da sind wir!"

„Kennst du „Der mit dem Wolf tanzt"?", fragte Andreas.

„Was ist das?“

„Ein Film! Das hier sieht genauso aus!“

„Ist das gut?“

„Ziemlich! Gibt's hier Büffel?“

„Was?“

„Vergiss es!“

Sie stiegen ab, und die Pferde fingen an zu grasen. Über dem Fluss schwirrten Fliegen im Sonnenlicht. Das Wasser war klar, der Grund sandig und von Algen durchwachsen, die sich wie Fische im Wasser bewegten. Ruhig und gleichmäßig schob sich das kühle Wasser durch das Flussbett. Andreas war es plötzlich peinlich, hier zu sein. Er und Anna allein. Er hatte keine Badehose dabei, und es sah auch nicht so aus, als hätte Anna etwas zum Schwimmen bei sich. Ein unangenehmes Gefühl beschlich ihn. Er würde sich auf keinen Fall nackt ausziehen vor Anna, und er wollte auch nicht, dass sie es tat. Sie sollten besser wieder umkehren und heimreiten. Anna lief runter zum Ufer, steckte einen Fuß ins Wasser und zog sich dann ihre Bermudashorts aus. Mit Unterhose und T-Shirt lief sie ins Wasser und ließ sich nach vorn gleiten. Sie schwamm in die Mitte des Flusses, der an dieser Stelle vier oder fünf Meter breit sein musste. Sie tauchte einmal mit zugehaltener Nase unter und strich sich dann ihre nassen Haare nach hinten. Anna hatte nicht einen Gedanken an eine peinliche Situation zwischen ihnen verschwendet, das konnte Andreas sehen. Sie war völlig unbefangen und irgendwie so unschuldig. Sie machte das, was sie wahrscheinlich immer tat, wenn sie hier war.

„Komm rein!“, rief sie ihm zu.

„Ich hab keine Badehose!“, sagte Andreas, der auch nur mit Unterhose bekleidet nicht in den Fluss springen wollte.

„Ist doch egal, deine Hose wird wieder trocken!“

Sie hatte recht. Selbst jetzt, als die Sonne schon fast untergegangen war, war es noch warm genug, um mit einer nassen Hose zurückzureiten. Er überlegte noch ein paar Sekunden, bevor er dann mit Anlauf und einem hohen Sprung ins Wasser geflogen kam. Er zog die Beine an, und es platschte laut. Anna schrie und bespritzte ihn mit Wasser, als er wieder auftauchte. Andreas fuhr mit ausgestreckten Armen durchs Wasser, und Anna verschwand hinter einer Fontäne. Sie ließ sich rückwärts fallen und tauchte von ihm weg. Andreas nahm die Herausforderung an und tauchte ihr hinterher. Er hatte Mühe, sie einzuholen. Sie bewegte sich unter Wasser schnell und geschickt. Luftblasen trieben auf Andreas zu. Er machte zwei kräftige Schläge mit den Beinen, schob sich vorwärts und bekam Anna an einem Fuß zu fassen. Er hörte sie dumpf über dem Wasser schreien. Dann tauchte auch er auf. Beide wischten sich das Wasser aus den Augen und lachten laut. Sie waren ganz aus der Puste.

„Du bist schnell!“, sagte Andreas.

„Ja, im Wasser geht das so leicht. Ich mag das Wasser.“

Andreas sah sich um und konnte kaum glauben, dass er tatsächlich hier und nicht alles ein Traum war. Alles war so unwirklich, so fern von der Realität, die er von zu Hause kannte, seine Realität. Es schien, als wäre er auf einem anderen Planeten gelandet. Das hier konnte nicht die Erde sein. Die Erde sah doch ganz anders aus.

„Los, wir schwimmen gegen den Strom! Wer zuerst bei den Pferden ist!“, sagte Anna und sprang mit einem delphinartigen Sprung in die Fluten. Andreas hechtete hinterher, musste sich aber nach ein paar Kraulbewegungen eingestehen, dass er Anna nicht würde einholen können.

Nass saßen sie am Ufer und tropften in das dort noch grüne Gras. Andreas wrang seine Hosenbeine aus und Anna ihre Haare.

„Siehst du den Baum da hinten, der schon halb im Fluss hängt?“, fragte sie und deutete nach rechts.

„Mmh-mmh.“

„Da hab ich früher mit Papa immer geangelt! Da stehen die Hechte!“

„Du angelst?“

„Ja, früher. Oder ich bin hier geschwommen mit ...“ Anna stockte, als seien ihre Worte gegen ein Hindernis gestoßen. Andreas wusste, was sie sagen wollte, also fragte er nicht nach.

„... mit Mama", ergänzte sie dann doch noch, und ihre Stimme klang so tief, dass Andreas kaum glauben konnte, dass die Worte aus ihrem Mund gekommen waren. Sie zog die Knie an und versteckte ihren Kopf zwischen ihnen. Sie hielt ihren Kopf gesenkt, so als erwarte sie das Beil des Henkers auf dem Schafott.

„Wo is'n deine Mutter jetzt?"

„Ich glaub, in Augsburg oder so was."

„Du weißt es nicht?"

„Nicht genau."

„Mein Vater ist auch abgehauen."

„Wirklich?"

„Ja, aber ich vermiss ihn nicht. Ist mir egal. Ich kann mich sowieso nicht mehr an ihn erinnern."

„Dann ist er schon lange weg?"

„Als ich drei war. Vor zwölf Jahren."

„Mama ist vor einem Jahr gegangen."

„Und warum?"

Anna ließ ihre Hände kraftlos ins Gras fallen, wo sie dann fahrig nach einigen Halmen griff und sie ausriss. Andreas konnte förmlich sehen, wie sich dieser Schatten wieder wie ein Schleier über ihren Kopf legte. Ihre kleinen Schultern zitterten unter dem nassen T-Shirt. Dann sagte sie etwas, aber Andreas konnte es nicht verstehen.

„Was?"

„Ich weiß es nicht."

„Na, 'n Grund wird sie doch gehabt haben!"

„Papa und sie haben sich viel gestritten. Immer wenn ich im Bett lag, hab ich sie schreien hören. Aber ich weiß nicht, über was sie gestritten haben. Vielleicht hab ich es auch vergessen."

Andreas konnte nicht glauben, dass man so etwas vergessen konnte.

„Und jetzt?"

„Wie?"

„Ich meine, fährst du immer hin, oder kommt sie her?"

„Ich hab sie seitdem nicht mehr gesehen."

Auch das konnte Andreas nicht glauben. Er wusste, dass Männer weggingen und ihre Familien zurückließen. Immer waren es die Väter, die gingen. Zumindest in seinem Viertel war das so. Auf den eingezäunten Spielplätzen saßen unzählige Mütter mit ihren Kindern, deren Männer abgehauen waren.

„Papa sagt, sie will nicht mehr hierherkommen, und in den Ferien kann er mich nicht zu ihr schicken, weil ich auf dem Hof helfen muss."

„Der kann sich doch irgendeinen Arbeiter nehmen!"

„Das können wir uns nicht leisten! Papa macht alles allein, was eben geht. Da muss ich nun mal helfen."

„Hat er das gesagt?"

„Papa redet nicht so viel. Weil er so viel arbeiten muss."

„Aber darüber habt ihr doch geredet!"

Anna schüttelte den Kopf, dass ihre nassen Haarsträhnen tanzten.

„Mein Vater ist weg. Keiner weiß, wo er ist. Aber bei euch, da hab ich gedacht, läuft das anders. Bei euch ist alles so gut, heile Welt eben! Frag doch deinen Vater mal. Sag, dass du sie sehen willst. Das geht bestimmt."

„Papa will nicht über Mama reden. Das macht ihn ganz traurig und wütend. Also frag ich nicht weiter, weil ich nicht will, dass er traurig und wütend ist."

Andreas wartete darauf, dass Anna anfing zu weinen. Aber sie tat es nicht. Das war ihm fast noch unangenehmer. Er verstand dieses Mädchen einfach nicht. Sie hatte keine Ahnung, wo ihre Mutter war und warum sie gegangen war, und trotzdem tat sie einfach nichts. Sie saß einfach nur da, schlaff und klein und ahnungslos. Am liebsten hätte er sie jetzt gepackt und geschüttelt und sie angeschrien, sie solle endlich ihren Vater zur Rede stellen, sie solle endlich mal was sagen, aufstehen und etwas sagen oder schreien, verdammt. So hätte er es gemacht. Seine Mutter und er schrien sowieso die ganze Zeit über. Anders konnten sie sich gar nicht mehr verständigen. Sie schrien und schrien, aber verstanden sich trotzdem nicht. Geändert hatte das Schreien auch nichts. Eigentlich hätte Andreas sich zu Hause sogar etwas mehr Ruhe gewünscht. Also packte und schüttelte er Anna nicht, und er riet ihr auch nicht zu schreien. Er blieb einfach neben ihr sitzen und schwieg.

„Ich mag den Fluss. Er sieht so viele Orte und Dinge. Ich stell mir immer vor, ich wäre der Fluss und was ich alles sehen würde auf der Reise."

Andreas musste lächeln. Er fand ihre Gedanken komisch, aber er mochte sie auch irgendwie. Eine Reise. Reisen waren gut, dachte er. Wäre seine Mutter doch mit ihm Bahn gefahren. Hätte sie doch nur mal eine Reise mit ihm gemacht.

Wir müssen einen jämmerlichen Anblick abgeben! So sollte der Tag verdammt noch mal nicht enden! Andreas musste jetzt etwas sagen oder tun, um die Stimmung wieder zu heben. Er konnte diese depressive Stille nicht mehr ertragen. Schließlich stand er auf und ging zu den Pferden. Anna wunderte sich und drehte sich um, als sie Andreas plötzlich auf sich zulaufen sah. Einen Meter, bevor er mit ihr zusammengestoßen wäre, sprang er ab und über sie hinweg. Anna duckte sich, und Andreas flog mit zappelnden Beinen durch die Luft, drehte sich und fiel mit einem lauten Klatschen seitlich ins Wasser.

„Aaaaaahhh!", schrie er vorsichtig, als er wieder auftauchte. Seine linke Seite war knallrot. Anna musste lachen und hielt sich dabei die Hand vor den Mund. Andreas hatte erreicht, was er wollte. Er tat so, als würde er ohnmächtig werden, fiel vornüber ins Wasser und ließ sich bewegungslos treiben. Er wollte sehen, wie lange es dauerte, bis Anna sich Sorgen machte. Wenn er überhaupt so lange die Luft anhalten konnte. Da hörte er ein Platschen. Anna war in den Fluss gesprungen. Dann hörte er noch ein Platschen und noch eins. Er öffnete die Augen unter Wasser und erkannte nicht ein Fußpaar, sondern drei Fußpaare. Wie vom Blitz getroffen, schoss er nach oben und tauchte auf. Steffen, Thomas und ein weiterer Junge vom

Dorffest standen vor ihm. Andreas warf einen Blick zu Anna, die besorgt und ängstlich am Ufer stand und ihre Hose schamhaft wieder anzog.

„So, so, so! Der Kerl ist also nicht nur ein Feuerbock, sondern auch ein geiler Bock! Was macht ihr beiden Hübschen denn hier so allein? Ein romantisches Schwimmen im Sonnenuntergang? Die kleine Anna schon im Schlüpferchen? Haben wir euch unterbrochen?"

Andreas spürte eine Hitze in sich aufkochen, eine brodelnde Hitze wie Magma, die sich im Erdinnern aufstaut und nach draußen drängt. Steffen drehte seinen Kopf zu Anna hin, ließ Andreas dabei aber nicht aus den Augen.

„Anna, weiß dein Papa denn, was du hier so treibst!? Glaubst du, er ist damit einverstanden!?"

Steffen grinste Andreas siegessicher an.

„Und unser Stadtjunge hier ist schon richtig geil geworden, was? Trotz ihrer Minititten!"

Andreas' rechter Arm schnellte vor, und seine Hand legte sich wie ein Scharnier um Steffens Hals. Augenblicklich schlugen Thomas und der andere Junge auf Andreas ein, so dass er loslassen musste, um sich zu schützen. Dann packten sie seine Arme, und Steffen riss ihm von hinten die Beine weg.

„Hört auf!", schrie Anna.

Die drei Jungs hielten Andreas waagerecht im Wasser. Angestrengt versuchte er, seinen Mund über Wasser zu halten.

„Du glaubst, du kannst hier mit Feuer spielen, du Penner?", rief Steffen und umklammerte seine Beine noch fester.

„Hier bei uns löschen wir Feuer mit Wasser!", sagte er und nickte seinen beiden Freunden zu. Sie drückten Andreas unter. Andreas blieb nur ein Bruchteil einer Sekunde, um Luft zu holen. Er zappelte und trat und wand sich, doch gegen drei kam er nicht an. Er musste Luft holen, jetzt gleich! Er brauchte Luft! Er würde gleich seinen Mund öffnen und Wasser einatmen. Der Druck wurde immer stärker. Er kniff seine Augen zusammen, dass es schmerzte, und dann endlich zogen sie ihn hoch. Er sog die Luft in seine Lungen, doch kaum hatte er den Atemzug getan, wurde er auch schon wieder niedergedrückt. Er hörte Anna schreien. Nein, sie kreischte. Sie kreischte so laut, dass Andreas dachte, ihre Stimme würde zerspringen. Dann hörte er, wie Anna ins Wasser gelaufen kam. Das Kreischen wurde lauter. Steffen ließ seine Beine los, und sofort stemmte Andreas sie in den weichen Boden und hob seinen Oberkörper aus dem Wasser. Er japste nach Luft, während er mit Thomas und dem anderen Jungen kämpfte, die seine Arme aber immer noch fest im Griff hatten. Anna hatte sich auf Steffen gestürzt und hing ihm von hinten an der Kehle. Mit einer harten Drehung und einem Stoß mit seinem Ellbogen fegte er Anna von seinem Rücken. Er nahm ihr Gesicht in seine Hand und warf sie rücklings ins Wasser. Steffen fuhr wütend herum und deutete mit dem Zeigefinger auf Andreas wie mit einer Pistole.

„Hast du's jetzt kapiert, du Penner? Verpiss dich von hier! Gib mir sein Portemonnaie!“

Thomas fummelte Andreas' Portemonnaie aus seiner Hosentasche und warf es Steffen zu. Er griff hinein und nahm all das Geld heraus, das Andreas bis jetzt verdient hatte. Es waren über dreihundertvierzig Euro.

„Und das nehm ich mir für ein neues Paar Schuhe!“

Steffen stieg aus dem Wasser, und seine beiden Freunde warfen Andreas nach hinten um und liefen auch zum Ufer, wo ihre Fahrräder standen.

„Macht's gut, ihr beiden Hübschen!“, sagte Steffen noch, und dann fuhren sie davon.

Anna und Andreas verloren auf dem Weg nach Hause kein einziges Wort. Erst als sie die Pferde in den Stall gebracht hatten und über den Hof zur Haustür gingen, sagte Anna: „Fragst du ihn?“

„Was meinst du?“

„Papa! Kannst du ihn nach Mama fragen?“

„Ich weiß nicht.“

„Na gut“, sagte Anna und ging ins Haus.

24. Kapitel

Anna war das merkwürdigste Mädchen, das er je getroffen hatte. Andreas verstand sie einfach nicht. Alles, was sie war, wie sie sich bewegte, wie sie aussah, was sie sagte und wie sie es sagte, schien so hilflos, so verdammt hilflos, dass man schon wieder aggressiv wurde. Sollte sie sich doch endlich mal aufrecht hinstellen und etwas sagen. Ihren Vater fragen, warum ihre Mutter gegangen war. Sie musste ihm nur eine gottverdammte Frage stellen, und dann war dieses Leiden endlich vorbei. Andreas konnte nicht begreifen, warum sich jemand so sehr von einem Umstand beeinflussen lassen konnte. Warum musste sich alles nur darum drehen, warum konnte man nichts anderes sehen und fühlen? Er kam doch auch klar damit, dass sein Vater nicht mehr da war. Er kam zurecht! Er konnte doch ... Andreas' Gedanken hielten an dieser Stelle für einen kurzen Augenblick inne. Was konnte er eigentlich? Was machte er denn anders als Anna? Er tat genau das Gegenteil von dem, was sie tat. Aber trotzdem war es auf gewisse Weise doch das Gleiche. Wie zwei Seiten einer Medaille.

Er stand in der Küchentür und sah Anna beim Abwasch zu. Ihre Haarspitzen waren noch nass vom Baden im Fluss. Sie stand mit nackten Füßen vor der Spüle, und ihre Hände waren ganz in Schaum gehüllt.

„Was ist?“, fragte sie, weil sie nicht mehr ertragen konnte, dass Andreas sie so beobachtete.

„Nichts! Ich geh rauf!“

Sie nickte. Andreas drehte sich um und hörte ein quietschendes Geräusch, als Anna ein Glas aus der Hand glitt. Es zersprang auf dem Boden in tausend Scherben. Andreas schaute zu Anna. Sie stand mit schaumtropfenden Händen und nackten Füßen inmitten der blitzenden Glassplitter. Norbert war oben, er hatte wohl nichts gehört. Anna stellte fest, dass die Scherben so weit verteilt lagen, dass sie keinen noch so großen Schritt hätte machen können, ohne in eine hineinzutreten.

„Tut mir leid!“, sagte sie.

„Wieso entschuldigst du dich? War das vielleicht mein Glas!?“

„Nein. Aber ...“

„Kein Aber! Hör auf, dich zu entschuldigen!“

„Ich brauche Schuhe!“

Andreas sah sie ungeduldig an.

„Bleib da stehen!“

Er öffnete den Schrank rechts neben ihm und holte den Staubsauger heraus. Es knackte unter seinen Sohlen, als er einige Splitter zertrat. Dann saugte er alle Scherben vom Boden auf. Anna hielt ihre tropfenden Hände über die Spüle, während Andreas um ihre Füße herumsaugte. Er vergewisserte sich, dass er alle Scherben beseitigt hatte, und stellte dann den Staubsauger aus.

„Danke!“

„Zieh dir Schuhe an, verdammt! Dann passiert so was nicht!“

„Ich geh immer barfuß!“

„Ich weiß, aber wenn du keine zerschnittenen Füße haben willst, zieh dir Schuhe an!“

„Ja, mach ich!“

„Ja, mach ich!“, äffte Andreas sie nach. Anna drehte sich weg von ihm.

„Nun sei doch nicht gleich beleidigt!“, rief Andreas. Er ging zu ihr und stellte sich neben sie.

„He, guck mich mal an!“ Anna reagierte nicht.

„Guck mich an, hab ich gesagt!“

Anna drehte langsam ihren Kopf und sah ihm vorsichtig in die Augen.

„Ich will dir doch nichts tun, verdammt! Ich mach nur 'n paar Scherze! Spaß, verstehst du? Du musst einfach ... du musst ... du musst dir Schuhe anziehen!“

Mit diesen Worten verließ Andreas die Küche und ließ Anna mit ihren nackten Füßen zurück.

25. Kapitel

Norbert hatte dem Trecker eine Gabel verpasst, mit der sie die Strohballen aufspießen und auf den Anhänger verfrachten konnten. Diese Arbeit machte Andreas besonders viel Spaß, weil er dabei mit dem Trecker ein bisschen „herumwühlen“ konnte. Ohne Anhänger musste man den Trecker hin und her und vor und zurück manövrieren. Man konnte schneller fahren als sonst und mit voller Wucht mit der Gabel in die Heuballen stecken. Norbert musste ihm manchmal noch beim Stapeln helfen, aber die meiste Zeit durfte Andreas fahren. Sie arbeiteten gut zusammen. Norbert gab kurze und knappe Anweisungen, und Andreas brauchte keine langen Erklärungen.

Im Schatten eines Heuballens sitzend, genossen sie ein kühles Wasser aus der Kühlbox. Sie saßen beide mit ausgestreckten Beinen da, die Kühlbox zwischen ihnen, jeder mit einem Arm daraufgelehnt.

„Was wiegt 'n so 'n Ding?“, fragte Andreas.

„So 'n Ballen? 300 bis 400 Kilo!“

„Alter! Ist doch nur Stroh!“

„Ja, aber so zusammengepresst ist es echt schwer!“

Beide nahmen einen Schluck aus ihrer Flasche.

„Hör zu, Andreas, Anna hat mir von der Geschichte am Fluss erzählt. Das Geld, das Steffen dir da geklaut hat ... ich kann's dir im Moment einfach nicht zurückzahlen, weißt du? Und du solltest ihm besser aus dem Weg gehen. Ich versuche mal, mit Klages zu sprechen!“

„Nein, is schon in Ordnung! Du musst mir doch nichts zurückzahlen!“

„Aber du hast hart für das Geld gearbeitet!“

„Du hast es aber nicht geklaut! Und mit Klages musst du auch nicht reden. Red lieber mit Anna!“

„Wie meinst du das?“

„Ach, nichts! Vergiss es!“

„Wieso, meinst du, sie hat irgendwas damit zu tun?“

„Was? Nein! Natürlich nicht!“

„Was meinst du dann?“

„Gar nichts!“

„Dann hättest du’s doch nicht gesagt! Ist was passiert?“

„Nein! Nein, sie ... was sind das für weiße Stellen an den Wänden?“

„Die weißen Stellen? Was meinst du?“

„Sieht aus, als hätten da früher mal Bilder gehangen!“

Norbert ließ die Flasche sinken. Wenn er vorher noch wegen der Helligkeit die Augen zusammengekniffen hatte, fielen seine Gesichtszüge plötzlich in sich zusammen, so als hätte ihn ein Hypnotiseur mit einem Fingerschnippen in Trance versetzt.

„*Die* weißen Stellen.“

„Wo sind die ganzen Bilder?“

„Hab sie weggeschmissen, verbrannt!“

„Anna hat ein Bild in ihrem Schreibtisch versteckt!“

„Woher weißt du das?“

„Sie hat’s mir gezeigt!“, log er.

Norbert atmete tief aus. Es klang, als drückte eine schwere Last all seine Luft aus den Lungen.

„Das geht mich ja nichts an, aber Anna geht’s nicht so gut, glaub ich.“

Norbert nickte, und Andreas hatte das Gefühl, als kämpfte er mit den Tränen.

„Hat sie mit dir über ihre Mutter gesprochen?“

„Sie hat mir gesagt, dass sie nicht mal genau weiß, wo sie ist, und gesehen hat sie sie auch nicht mehr!“

„Sie wohnt in Würzburg!“

„Siehst du? Anna meint, sie wohnt in Augsburg! Ich glaub, sie kommt nicht so gut damit klar, dass du darüber nicht redest! Red einfach mal mit ihr!“

„Ich hab ... ich war so geschockt, dass ich einfach nicht reden konnte! Und dann wollte ich es nur noch vergessen!"

Andreas war es unangenehm, das alles jetzt zu hören. Er wollte nicht so tief in diese Geschichte einsteigen. Er hatte Norbert einen Tipp gegeben, und das musste reichen. Der Rest war ihm egal.

„Danke, dass du ..."

„Schon gut!"

Sie saßen eine Weile schweigend da. Es war eine unangenehme Stille zunächst, bis jeder von ihnen in seinen eigenen Gedanken versank.

„Hast du meinen Vater gekannt?", fragte Andreas irgendwann.

„Tut mir leid. Ich hab ihn nie kennen gelernt."

Andreas nickte und leerte die Flasche.

„Wollen wir weitermachen?", fragte Norbert.

„Na, los dann!"

26. Kapitel

Um fünf Uhr hatten sie den Großteil des Heuschobers mit den Ballen aufgefüllt. Jetzt, gegen Abend, ließ der leichte Wind nach, und eine friedliche Stille legte sich auf den Hof und das Land. Alles erschien jetzt langsamer, fast wie in Zeitlupe. *Das ist wie in einem Film, wie in einem Film*, dachte Andreas und fühlte sich, als sehe er alles auf einer Leinwand im Kino. Norbert stellte sich auf die Treppe des Treckers, und Andreas fuhr vom hinteren Teil des Stalls nach vorn in den Hof. Was er dann sah, überraschte ihn dermaßen, dass es fast schon ein Schock war. Unvermittelt trat er auf die Bremse, so dass Norbert mit beiden Händen zugreifen musste, um nicht runterzufallen. In der Mitte des Hofes stand ein kleines Motorrad. Auf dem Sattel saß Busta. Er stand einfach da. Sein Freund aus Berlin. Aber dieses Bild passte einfach nicht. Busta und der Hof waren zwei Welten, die einfach nicht zusammenpassten. Er war ein Fremdkörper hier, wie ein Wesen aus einer anderen Zeit, das mit einer Zeitmaschine irrtümlicherweise hierhergeraten war. Busta lächelte und stieg ab. Andreas wurde schlagartig bewusst, welches Bild er abgeben musste. Er sah aus wie ein verdammter Bauer, ein Landei, ein Dorftrottel. Es war ihm so peinlich, dass Busta ihn so sah, dass er rot wurde. Er schämte sich dafür, dass er hier wohnte, schämte sich dafür, dass er hier arbeitete, und er schämte sich dafür, dass er sich mit Norbert verstand und dass er immer noch nicht abgehauen war. Wieso verdammt noch mal war er nicht abgehauen? Wie sollte er das Busta jetzt erklären?

Andreas stieg vom Trecker und ging auf Busta zu. Er konnte seinem Freund kaum in die Augen schauen. Sie umarmten sich kurz.

„Alter, wie siehst du denn aus? Was machst du da?"

„Ich helf nur 'n bisschen aus!"

„Du siehst aus wie 'n Dorfmongo! Fehlt nur noch 'n kariertes Hemd!"

Busta lachte laut, doch Andreas fand das gar nicht lustig. Er drehte sich zu Norbert um, der den Trecker nun selbst in die Halle fuhr.

„Mann, was machst du hier?", fragte Andreas.

„Ich hol dich hier raus! Was dachtest du denn?"

„Los, wir gehen rein!"

„Will dein Freund mit uns zu Abend essen?!", rief Norbert herüber. Die beiden Jungen antworteten nicht und verschwanden im Haus.

Busta sah sich in Andreas' Zimmer um.

„Das ist ja echt Sondermüll hier!"

„Abgefahren, was?"

„Deine Zelle im Knast sah bestimmt besser aus!"

„Auf jeden Fall!"

„Nicht mal 'n Fernseher! Alter, das geht ja gar nicht!"

„Wie hast du mich gefunden?"

„Du bist bekannt hier in der Gegend! War nicht so schwer, wie ich dachte!"

„Und das Motorrad? Geklaut?"

„Nee, ausgeliehen! War bei TJ in der Werkstatt! Der Besitzer kommt erst morgen, und TJ schraubt dann was am Kilometerstand."

Andreas musste jetzt eine Zigarette rauchen. Er nahm sich eine und bot Busta auch eine an. Busta griff zu, und Andreas gab ihm Feuer.

„Neues Feuerzeug?"

„Hab ich geklaut!"

„Na, was denn sonst! Na los, erzähl mal, was hier abgeht! Warum biste noch nicht abgehauen?"

Andreas nahm einen tiefen Zug und stellte sich ans Fenster.

Unten stand Anna in der Küche. Sie hatte Busta sofort bemerkt, als der auf den Hof gefahren war. Und sie hatte kein gutes Gefühl, was ihn anbetraf. Das Abendessen stand fertig auf dem Tisch. Im Moment hatte sie nichts zu tun. Norbert war noch im Stall und kümmerte sich um die Milchanlage. Sie hielt es einfach nicht mehr aus hier unten. Mit nackten

Füßen schlich sie die Treppe hinauf und stellte sich mit ihrem linken Ohr zu Tür gewandt vor Andreas' Zimmer.

„Hab's versucht! Aber das ist echt 'n Scheißkaff hier! Hier gibt's nichts! Gar nichts!"

„Mann, klau dir 'n Roller oder fahr per Anhalter!"

„Ja!", sagte Andreas missmutig, weil er wusste, dass es keine Ausrede gab, die Busta überzeugen würde.

„Hier drehste doch durch, Mann! Zwei Tage hier, und ich würd mich mit 'ner Schrotflinte erschießen! Und der Typ eben?"

„Das war mein Onkel!"

„Ich hab so 'n Mongomädchen am Fenster gesehen vorhin. Hat so komisch geglotzt! Ist die irgendwie behindert, oder was?"

„Anna!" Andreas wusste nicht, was er Busta sagen sollte. Er konnte ihm schlecht die Geschichte mit der Mutter erklären und das alles. Und er wollte sich nicht dem Hohn und Spott von Busta aussetzen, wenn er für Anna Partei ergriff.

„Ja, die is 'n bisschen gestört, Mongo halt!"

Busta lachte. „Und dein Onkel ist gleichzeitig ihr Vater und ihr Bruder, was?" Busta lachte noch lauter, und Andreas versuchte es auch. Doch seine Übelkeit war zurückgekehrt, und er glaubte, dass er sich bald übergeben müsste. Dann hörte er die schnellen Schritte vor seiner Tür und auf der Treppe. Er kannte den Klang von Annas Füßen auf den Holzstufen. Sie rannte nach unten und riss die Haustür auf. Andreas sprang zur Tür.

„Anna!", rief er ihr nach, doch sie lief bereits über den Hof hinaus aufs Feld. Weiter, immer weiter.

„Ups, da hat wohl einer gelauscht!", sagte Busta.

Andreas war besorgt. Er stand auf dem Flur und wusste nicht, ob er ihr nachrennen oder bei Busta bleiben sollte.

„Na los, wir hauen ab!", sagte Busta und ging hinunter. Andreas folgte ihm bis auf den Hof.

„Ich hab sogar 'n Helm für dich besorgt!"

Andreas sagte nichts. Ihm war furchtbar schlecht. Er schluckte die Übelkeit hinunter.

„Willst du nicht deine Sachen holen?“, fragte Busta.

Es gab keinen Weg drum herum. Andreas musste es ihm sagen. Je schneller, desto besser.

„Ich kann nicht mitkommen!“

„Was?“

Andreas blickte zu Boden. Ein zweites Mal brachte er den Satz nicht heraus. Aber das brauchte er auch nicht, denn Busta hatte ihn schon beim ersten Mal verstanden.

„Willst du mich verarschen, oder was? Ich fahr hier zweihundert Kilometer auf dem Scheißhobel durch die Gegend, und TJ riskiert seinen verdammten Job in der Werkstatt!“

Bitte fahr doch einfach! Setz dich doch endlich auf das Motorrad und fahr weg! Reit nicht stundenlang darauf herum!

„Was 'n los mit dir, Alter? Haben die dich hier umgedreht, oder was!? Biste jetzt auch so 'n Dorfmongo geworden?“ Busta sah Andreas lange an. Dann drehte er sich um und stampfte zum Motorrad.

„Alles klar! Bleib mal schön hier und räum die Kuhscheiße weg!“ Er setzte sich seinen Helm auf, klappte das Visier hoch und startete die Maschine.

„Karierte Hemden stehen dir bestimmt auch!“ Busta gab Gas und drehte eine Runde im Hof, dass der Staub aufwirbelte. Er fuhr auf die Straße, ohne nach links oder rechts zu schauen, und brauste davon.

Andreas wäre gern mit Busta auf dem Motorrad nach Hause gefahren. Er wäre aber auch gern Anna nachgelaufen, um ihr alles zu erklären. Jetzt stand er allein im Hof. Busta war weg, und Anna war weg. Andreas hatte keine Ahnung, was er jetzt tun sollte. Für ihn war nur klar, dass er verloren hatte. Und er hatte sich bloßgestellt. Auf keinen Fall konnte er Anna oder Norbert heute unter die Augen treten. Er lief nach oben in sein Zimmer und schloss hinter sich ab. Auf seinem Bett liegend, lauschte er den Geräuschen im Haus, hörte, wie Anna heimkam, hörte, wie sie und ihr Vater Abendbrot aßen, hörte, wie sie über ihn redeten und wie sie schließlich zu Bett gingen.

Was sollte er jetzt noch hier? Was hielt ihn noch? Er hatte Angst. Angst davor, dass Busta recht und er hier eine Gehirnwäsche bekommen hatte. Dass er sich verändert hatte, dass er jetzt einer von diesen Dorfmongos war. Wie bei einer verdammten Sekte war er hier umgekrempelt worden. Aber so wollte er nicht sein. Er wollte der alte Andreas sein, der Andreas, den er kannte. Er wollte AC sein. AC war sein Name. Und das hier war nicht sein Zuhause. Das war Berlin.

27. Kapitel

Die Nacht war wie ein riesiges dunkles Dach über den Himmel gefahren und hatte sich geschlossen. Die Vögel waren verstummt, ebenso wie die Geräusche im Haus. Nur die Grillen zirpten noch in den Feldern. Der Mond stand verwaschen am schwarzen Himmel und warf ein blasses Licht auf die Erde.

Andreas wusste, dass er es nicht fertigbrachte, Norberts Auto zu stehlen. Er hatte einen anderen Plan. Er wollte zwei Fliegen mit einer Klappe schlagen.

Auch wenn er Anna damit verletzte, nahm er das Fahrrad der Mutter, um sich auf die Straße zu begeben und endgültig vom Hof zu fliehen. Er fuhr so schnell er konnte, er hatte keine Zeit zu verlieren, und er war wachsam, dass er niemandem auf seiner Strecke begegnete. Sein Ziel war nicht weit entfernt, und nach zehn Minuten hatte er es erreicht. Da lag der Hof von Klages im fahlen Mondlicht vor ihm. Der VW Touareg stand dicht geparkt vor einem der Fenster. Er würde von der Beifahrerseite her den Wagen aufbrechen müssen. Er würde den Wagen stehlen, um von hier zu verschwinden, und er würde damit dem dicken Klages und seinem dämlichen Sohn eins auswischen. Sie sollten bekommen, was sie verdienten.

Alle Lichter im Haus waren gelöscht. Im oberen Stock waren zwei Fenster geöffnet. Andreas durfte sich keinen Fehler erlauben. Er musste leise sein. Andreas schlich an der Hauswand entlang und duckte sich an den beiden Fenstern, die zur Küche und zum Wohnzimmer führten. Auf allen vieren krabbelte er um den Wagen herum und hockte sich vor die Beifahrertür. Er hatte ein Messer und einen feinen Draht dabei, um das Auto aufzubrechen, wie er es sich bei TJ abgeguckt hatte. Er war hellwach. Das Adrenalin strömte durch seine Adern, sein Herz pumpte immer schneller, und er musste manchmal den Mund weit öffnen, um tiefer Atem zu holen, weil ihm die Luft wegblieb. Immer wieder kontrollierte er die oberen Fenster. Aber dort regte sich nichts. Die Tür aufzubrechen war der schwierigste Teil der Aktion. Das Kurzschließen würde ihm leichter fallen, zumal er sich, wenn er erst in dem Wagen war, Zeit lassen konnte. Kurz bevor er loslegte, prüfte er, ob Klages vielleicht den Wagen offen gelassen hatte. Und tatsächlich ließ sich die Tür einfach so öffnen. Klages, dieser Idiot! Er rechnete damit, dass Andreas seinen Hof anzündete, aber dass er sein Auto klauen könnte, daran hatte er nicht gedacht. Jetzt machte Andreas die ganze Sache noch mehr Spaß. Wenn Klages sein Auto nicht abschloss, war er selber schuld.

Andreas kroch ins Wageninnere und schloss behutsam die Tür hinter sich. Im Haus blieb alles ruhig. Dann rutschte er rüber auf den Fahrersitz, um die Verkleidung unterhalb des Lenkrads zu lösen. Dort waren die Kabel versteckt, die er zum Kurzschließen benötigte. Andreas fuhr mit beiden Händen über das Lenkrad. Das Auto gefiel ihm. Leider würde er nicht lange damit fahren können. Plötzlich huschte ein Schatten am Auto vorbei. Andreas hatte nur einen schwarzen Schemen im Augenwinkel wahrnehmen können. Sofort zuckte er zusammen und duckte sich so weit er konnte unter die Lenksäule. Panik klammerte sich in seinen Nacken wie eine Klaue aus kaltem Stahl. *Klages ist wach geworden! Er hat mich gehört, und jetzt wird er mich finden, hier in seinem Wagen wird er mich finden, und dann wird er mich zerreißen und anschließend zur Polizei schleppen, und ich werde wieder vor den Richter kommen, und er wird mich verurteilen und sagen, dass er es doch geahnt habe und dass ich jetzt für lange Zeit in die Strafanstalt kommen werde.* Andreas wartete darauf, dass die Tür aufgerissen wurde und Klages' Hand ihn am Kragen packen und hinauszerren würde. Aber es passierte nichts. Alles blieb ganz still. Vielleicht hatte er sich den Schatten nur eingebildet. Die Aufregung hatte ihm einen Streich gespielt. Langsam richtete sich Andreas wieder auf und lugte vorsichtig über das Armaturenbrett. Der Hof war leer. Das Haus sah unverändert aus.

Andreas hatte Angst, dass gleich der Angler in seinem schwarzen Regenmantel vor dem Wagen hochspringen würde, der Angler, der mit seiner Angel und dem Eimer voll mit halbtoten Fischen zu ihm kommen und der seine Kapuze lüften würde, und Andreas müsste in seine grässliche tote Fratze blicken. Aber natürlich passierte auch das nicht.

Mit ein paar Handgriffen hatte er ein Knäuel aus Kabeln abgedeckt und suchte nach der richtigen Farbe. Ein roter Draht musste es sein. Aber es war zu dunkel, Andreas konnte einfach nichts erkennen. Er entzündete sein Feuerzeug und hielt es tief in den Fußraum, so dass so wenig Licht wie möglich nach außen drang. Da war der rote Draht! Mit einem Klacken ließ er das Feuerzeug zuschnappen, steckte es zurück und holte das Taschenmesser heraus, um den Draht zu kappen. Da hörte er ein Geräusch. Er hielt inne und horchte. Es war ein Quietschen oder Knarren gewesen. Als ob sich eine Tür öffnete oder ein Fenster. Dann hörte er wieder etwas. Schritte. Es waren Schritte, die näher kamen, schnelle Schritte. Jemand lief über den Hof, aber er konnte ihn nicht sehen. Ein Schatten flog am Fenster vorbei, und Andreas hätte vor Schreck fast aufgeschrien. Er konnte ihn nicht erkennen. Andreas blickte aus der Heckscheibe. Der Schatten lief auf die Straße zu, und da erkannte Andreas den hinteren Teil eines Autos, das versteckt am Straßenrand stand. Es war durch einen Baum verdeckt. Er konnte nur eine Kofferraumklappe und einen merkwürdigen schwarzen Aufkleber erkennen. Ein Motor sprang an, und schon entfernte sich das Auto mit ausgeschalteten Lichtern.

„Was war das denn?“, flüsterte Andreas.

Er verstand nicht, was eben passiert war, und er war sich nicht mehr im Klaren, ob es jetzt noch Sinn machte, seinen Plan durchzuziehen. Er hatte ein ungutes Gefühl. Dieser Schatten. Was hatte er hier gewollt? Andreas drehte sich wieder um, und was er dann sah, traf ihn wie ein kräftiger Schlag vor die Brust. In einem der Fenster im großen Stallgebäude sah er ein Licht flackern. Es gab kein anderes Licht, das derartig flackerte, als ein Feuer. Es konnte nur ein Feuer sein. Schon quoll dunkler Qualm aus den Ritzen der vorderen Tür, und da durchfuhr es Andreas wie ein elektrischer Schock, und er kletterte so schnell er konnte aus dem Wagen. Er musste hier weg, so schnell wie möglich. Wenn es hier brannte, würden sie keinem anderen die Schuld geben als ihm. Er rannte, ohne darauf zu achten, wie laut er war. Jetzt ging es nur noch um Geschwindigkeit. Er musste nach Hause. Schnell, schnell, schnell. Nichts war jetzt wichtiger. Das Fahrrad wuchtete er aus dem Versteck, als würde es nicht mehr wiegen als ein leerer Rucksack. Er sprang auf den Sattel und trat in die Pedale, als ginge es um sein Leben. Seine Beine bewegten sich immer schneller und schneller. Jeder Muskel seines Körpers arbeitete auf Hochtouren. Er nahm immer mehr Fahrt auf, die Pedalen rotierten so schnell, dass er kaum noch mitkam. Seine Lungen brannten, und sein Hals schien immer enger zu werden. Die Luft wurde ihm knapp. Andreas atmete laut und stöhnte die Anstrengung heraus. Und endlich, als er dachte, seine Kräfte würden nicht mehr für einen Meter ausreichen, hatte er Norberts Hof erreicht. Sein Körper sackte in sich zusammen, und er ließ sich bis vor die Halle rollen, ohne zu treten. Hier musste er wieder leise sein. Er brauchte einige Minuten, um sich wieder so weit runterzufahren, dass er fast lautlos atmen konnte. Er schlich zur Haustür, glitt hinein, hielt den Atem an und ging die Treppe hinauf, bis er in seinem Zimmer angelangt war. Erst jetzt holte er wieder Luft. Ihm wurde schwindelig, und plötzlich sah er grüne flackernde Flecken vor seinem Auge tanzen. Er ließ sich aufs Bett plumpsen und legte sich flach auf den Rücken. Sein Brustkorb hob und senkte sich. Das Blut pulsierte in seinen Adern. Sein Hals schmerzte vom Atmen.

Nach zehn Minuten hatte er sich beruhigt. Still und steif lag er auf seinem Bett und horchte hinaus in die Nacht. Er war sich sicher, bald etwas zu hören. Das tiefe Grollen von Flammen, Feuerwehrsirenen, Schreien und Rufen. Er wartete darauf, dass diese Geräusche an sein Fenster kamen. Und dann kamen sie. Sie kamen wie eine weit entfernte Lawine, die mit jedem Meter immer größer und mächtiger wurde. Er stand allein in ihrem Weg. Sie suchte nur nach ihm. Er war ihr Ziel, und jetzt war sie fast bei ihm.

28. Kapitel

Die Sirenen der Feuerwehr wurden mit einem leichten Wind herübergeweht. Andreas konnte Rauch riechen. Manchmal glaubte er, sogar das laute Knacken des Feuers hören zu können. Er stellte sich vor, wie die Funken in einer gelb leuchtenden Wolke aufstiegen, mit dem immer schwärzer werdenden Rauch hochgetragen wurden und wild durcheinanderwirbelten. Er fragte sich, ob Norbert und Anna auch schon wach geworden waren. Von Norberts Zimmer aus konnte man das Feuer vielleicht sogar sehen. Der Hof von Klages lag im Westen, und nur Norberts Zimmer und das Badezimmer gingen nach Westen raus.

Andreas hielt es nicht mehr aus in seinem Bett. Er musste sehen, was da draußen passierte. Also ging er schnell rüber ins Bad. Das Licht ließ er aus. Er zog die Gardine zur Seite, und schon konnte er es sehen. In der Ferne leuchtete der Himmel gelblich, und eine schwarze Rauchsäule stieg in die Höhe. Das Fenster war gekippt. Der Geruch von Ruß hatte sich im ganzen Bad verteilt, als brenne das Feuer unten im Hof. Auf einem Teilstück der Straße erkannte er sogar das Blaulicht der Feuerwehr, das kreisförmig über das Land geworfen wurde.

Andreas wusste nicht, wie lange er dem Feuer zugeschaut hatte, als er plötzlich Motorengeräusche hörte. Sie kamen immer näher, und durch die Bäume links und rechts der Straße sah er Scheinwerfer blitzen. Kam der Löschzug jetzt hier lang? Aber Jerichow lag in der anderen Richtung. Die Feuerwehr war von da gekommen. Was wollten sie hier?

Es waren vier Wagen. Erst kurz bevor der erste Wagen in die Einfahrt bog, erkannte Andreas einen Trecker. Klages saß am Steuer mit einem brennenden Holzscheit in der Hand. Die anderen drei Wagen folgten ihm und hielten auf dem Hof. Andreas hörte Schritte auf der Treppe. Plötzlich wurde die Tür aufgestoßen, und das Licht ging an. Andreas fuhr herum.

Anna stand in der Tür. Sie trug einen roten Schlafanzug und hielt sich ein Kissen wie ein Schutzschild vor die Brust. Angst glänzte in ihren Augen.

„Licht aus!", zischte Andreas. Anna löschte das Licht und kam herein.

„Was ist das?" Ihre Stimme zitterte. Sie stellte sich neben Andreas und umklammerte ihr Kissen noch fester.

„Klages und noch ein paar Leute!"

„Ist das ein Feuer da hinten?", fragte sie.

Andreas nickte nur. Klages sprang vom Trecker und hielt das Holzscheit wie eine Fackel.

„Norbert!!!", schrie er. Seine Augen waren vor Wut weit aufgerissen. Seine Haare waren zerzaust, und sein Hemd hing aus der Hose. Steffen war auch da. Und Thomas und der andere Junge vom Fluss. Heiner stand mit zwei Frauen hinter Klages. Benno und Eckard verstärkten die Gruppe.

„Norbert!!! Schick ihn raus!! Schick den verdammten Feuerbock raus!! Dann wird er bezahlen!!", brüllte Klages mit tiefer Stimme.

Unten öffnete sich die Tür, und Norbert trat auf den Hof.

„Was ist hier los!? Spielt ihr jetzt alle verrückt!?", rief Norbert.

„Wir wollen den Jungen!! Hol ihn raus!!"

Andreas fühlte sich wie ein Gefangener in einer Festung im Mittelalter. Draußen stand der Mob und wollte ihn lynchen. Sie wollten ihn auf den Scheiterhaufen zerren und bei lebendigem Leibe verbrennen. Auge um Auge. Zahn um Zahn.

„Geht nach Hause! Verschwindet!", rief Norbert energisch.

„Nach Hause? Sieh dir das an!" Klages hielt seine Fackel hoch.

„Das ist übrig geblieben vom meinem Zuhause! Der Junge hat meinen Hof angesteckt! Alles brennt! Der ganze Hof steht in Flammen!" Klages' Stimme erstickte in Tränen. Eine der Frauen stellte sich an seine Seite und legte ihm eine Hand auf die Schulter. Norbert sagte eine Weile nichts.

„Das tut mir leid, Klages. Aber der Junge bleibt hier!"

„Gib ihn mir, oder ich schwöre, ich brenne dein Haus nieder!" Die Frau umklammerte jetzt seinen Arm, um ihn zurückzuhalten.

„Was ist das hier!? Was denkt ihr euch eigentlich!? Seht euch mal an! Wollt ihr hier Lynchjustiz machen? Ist es das!? Geht von meinem Hof!! Oder ich rufe die Polizei!!“

„Prima, ruf die Polizei! Wir übergeben ihr gleich den Feuerteufel. Du bist dazu ja nicht in der Lage!“

„Habt ihr überhaupt einen Beweis!?“ Norbert blickte in die Runde.

„Klages, hast du ihn gesehen? Benno, Heiner? Eckard, du? Wer hat ihn gesehen?“ Alle blickten zu Boden.

„Das brauche ich nicht! Ich weiß, dass er's war!“, sagte Klages.

Andreas hörte ein Jammern oder Wimmern und merkte, dass es von Anna kam. Sie hatte ihre Hände in das Kissen gekrallt und starrte auf den Hof. Tränen liefen ihre Wangen herab.

„Geht nach Hause!! Alle! Verschwindet von meinem Hof! Was glaubt ihr eigentlich, wer ihr seid!? Ihr seid ja verrückt!“

„Dieser Feuerbock hat meinen Hof zerstört! Und ich werde ihn dafür zur Rechenschaft ziehen!“, versprach Klages.

„Ich gehe jetzt rein! Ein Schritt auf mein Haus zu, und ich rufe die Polizei!“

Norbert ging hinein und schloss die Tür mit einem lauten Krachen. Der Schlüssel wurde zweimal im Schloss herumgedreht. Die Gruppe stand im Hof und bewegte sich nicht.

Klages blickte zu den Fenstern hoch. Andreas zog automatisch seinen Kopf zurück.

„Ich kriege dich!! Hörst du!? Ich werde dich kriegen, und dann wirst du dafür bezahlen!!“ Klages fing an zu weinen. Seine Frau wollte ihn trösten, doch er riss sich los und stieg wieder auf den Trecker. Er warf das brennende Stück Holz auf den Hof und fuhr davon. Auch die anderen zogen sich zurück und verließen das Grundstück. Anna lief aus dem Bad und ihrem Vater in die Arme, der gerade die Treppe hochkam.

„Ist schon gut! Alles in Ordnung! Sie sind wieder weg.“

Andreas schleppte sich aus dem Badezimmer, und er sah Norbert in die Augen.

„Hast du was damit zu tun?", fragte Norbert. Anna drehte ihren Kopf, ohne ihren Vater loszulassen.

„Nein", sagte Andreas, und seine Stimme klang so leise, als würde sie aus einem tiefen Brunnen kommen.

Norbert nickte ernst.

„Geh ins Bett!"

Jetzt war der Moment da, wo Andreas Norbert noch alles erzählen konnte. Morgen, wenn erst die Sonne aufgegangen war, war es zu spät. Dann würde alles nur noch wie ein Traum erscheinen, und er würde es nie tun. Es musste jetzt sein. Er hatte doch nichts getan! *Doch das habe ich. Ich hab sein Vertrauen missbraucht. Ich wollte abhauen und einen Wagen stehlen und hätte Norbert mit allen Schwierigkeiten hier zurückgelassen.* Jetzt erst wurde ihm bewusst, wie idiotisch sein Vorhaben gewesen war. Norbert hatte sich vor ihn gestellt. Einfach so. Und was tat er? Er hinterging ihn einfach. Eigentlich stand er doch tief in seiner Schuld. Er schämte sich so sehr. Die Scham zerrte an seinem Körper wie Blei, sie zog ihn nach unten, und er konnte sich kaum noch aufrecht halten. Und sie lähmte seine Zunge. Er sagte Norbert nicht, was passiert war in dieser Nacht.

Am nächsten Morgen würde er feststellen müssen, wie wichtig es gewesen wäre, Norbert die Wahrheit zu sagen. Doch da war es bereits zu spät.

29. Kapitel

Der Tag begann, wie die letzten Tage auch begonnen hatten. Andreas stand kurz nach Sonnenaufgang auf und musste vor seiner Tür über Pastor steigen. Er ging als Letzter ins Bad und duschte, bevor er sich zu Norbert und Anna an den Frühstückstisch setzte. Nach dem Essen fuhren Andreas und Norbert raus aufs Feld, während Anna zu Hause blieb und die Arbeit im Haus und im Stall erledigte.

Die Erlebnisse der letzten Nacht spukten immer noch in ihren Köpfen. Auch der Brandgeruch hing noch in der Luft, und so redeten sie heute weniger miteinander als sonst. Jeder war in sich gekehrt, dachte über das Feuer nach und überlegte, wer wohl der Brandstifter sein könnte. So arbeiteten sie, bis sie um halb elf Besuch bekamen.

Andreas und Norbert stapelten Strohballen in der Scheune, deren Kapazität bald ausgeschöpft war. Sie hörten das Auto nicht, das auf den Hof gefahren kam. Umso erschrockener waren sie, als Anna mit zwei Polizeibeamten bei der Scheune auftauchte. Norbert schaltete sofort den Motor aus. Einen der Polizisten erkannte Andreas wieder. Es war der Mann mit den schlechten Zähnen aus dem Restaurant. Der andere, ein Dunkelhaariger mit Halbglatze und einer Sonnenbrille, verzog keine Miene und schien Andreas hinter den schwarzen Brillengläsern zu fixieren.

„Morgen Nils, Morgen Peter!“, sagte Norbert unsicher und kletterte vom Trecker.

„Hallo, Norbert!“

„Was kann ich für euch tun?“

„Wir müssen mit dem Jungen sprechen!“

„Dann hat Klages schon Alarm bei euch geschlagen, was? Er war letzte Nacht hier und ... Was ist eigentlich passiert?“

„Jemand hat die Scheune in Brand gesteckt. Genau wie bei Heiner! Das

Haus ist unversehrt, aber die Stallungen waren nicht mehr zu retten."

„Kommst du bitte mal zu uns?", fragte Nils, der Mann mit der Sonnenbrille, Andreas. Andreas ging zögerlich zu den beiden Beamten und stellte sich neben Norbert. Anna stand hinter Peter und Nils und schaute zwischen ihnen hindurch ihren Vater an.

„Wo warst du gestern Nacht zwischen 2 und 3 Uhr?"

„Hier! Ich hab geschlafen!", sagte Andreas.

Nils und Peter blickten besorgt zu Norbert. Peter atmete schwer aus. Er griff in seine Jackentasche und zog einen Plastikbeutel heraus. Darin befand sich Andreas' Feuerzeug, das er bei Benno hatte klauen wollen. Andreas wurde heiß, seine Augen brannten und begannen zu tränen. Norberts Blick wurde ganz starr und dunkel. Man sah förmlich, wie die Enttäuschung von ihm Besitz nahm.

„Ist das deins?"

Was sollte er jetzt tun? Leugnen konnte er nicht. Er musste das Feuerzeug im Auto oder auf dem Hof verloren haben. Jetzt war alles aus. Jetzt kam er zurück nach Berlin in die Strafanstalt. Er beantwortete die Frage mit einem Nicken.

„Wir haben das Feuerzeug auf dem Hof von Herrn Klages sichergestellt. Jemand hatte außerdem versucht, den Wagen von Herrn Klages zu stehlen." Norbert schloss die Augen. Andreas hätte ihm so gern etwas gesagt, etwas, das ihn nicht glauben ließ, dass Andreas der Schuldige war. Aber er sah ein, dass das nichts mehr nützen würde.

„Wir müssen dich mit auf die Wache nehmen!"

Nils fasste Andreas an die Schulter und führte ihn zum Streifenwagen. Die anderen folgten schweigend. Nils öffnete die hintere Tür. Andreas sah sich um. Ein Blick in Annas Augen, und es war, als steche eine feine, scharfe Klinge in sein Herz. Sie sah aus wie ein Mädchen, das ihre letzte Hoffnung, ihren letzten Glauben an das Gute auf dieser Welt soeben verloren hatte.

„Ich war's nicht Anna, ehrlich!", sagte Andreas. Die Worte kamen von ganz allein aus seinem Mund. Er konnte sich nicht erinnern, dass sein Gehirn den Befehl gegeben hatte, etwas zu sagen. Dann drückte Nils Andreas auf die Rückbank des Wagens und warf die Tür zu. Anna machte noch einen Schritt nach vorn.

„Was macht ihr jetzt mit ihm?“, wollte Norbert wissen.

„Wir müssen eine Aussage von ihm aufnehmen! So wie's aussieht, wird er wohl angeklagt werden. Da kommt er nicht wieder raus!“

„Kann ich mitkommen?“

„Das wäre gut. Er ist ja noch minderjährig.“

„Ich fahr euch hinterher! Anna, geh wieder rein! Mach dir keine Sorgen, ich bin bald wieder da!“ Norbert sagte bewusst „ich“, weil er nicht wusste, ob Andreas heute zum Hof zurückkehren würde.

„Ich will mitkommen!“, sagte Anna.

„Schatz, das geht nicht! Geh rein ...“

„Ich bleib nicht allein hier! Ich will mit!“

Anna war ungewöhnlich energisch, und Norbert verstand, dass er vielleicht etwas viel von ihr verlangte. Sie sollte bei ihm bleiben nach dieser Aufregung.

„In Ordnung. Steig ein!“

Sie fuhren hinter dem Streifenwagen her, kamen an Klages' Hof vorbei, auf dem sich die verbrannten Ruinen der Stallungen in großen Pfützen widerspiegelten, und fuhren weiter bis Jerichow.

Die Wache war in einem kleinen zweistöckigen Backsteinhaus untergebracht. Im oberen Stock schien eine Wohnung zu sein, den Gardinen im Fenster nach zu urteilen, und Andreas vermutete, dass einer der beiden Polizisten hier wohnte.

Sie betraten das Büro. Es war so dunkel, dass Nils die Deckenbeleuchtung anschaltete. Vor den zwei großen Fenstern waren die Jalousien zum Schutz vor der Sonne heruntergelassen. Es roch nach Kaffee und Bodenreiniger. Nils nahm seine Brille ab, und Andreas wunderte sich, wie anders er plötzlich aussah. Die Brille hatte ihm etwas sehr Energisches und fast Brutales verliehen. Ohne sie wirkte er einfach wie ein netter Familienvater, der am Wochenende mit seinen Kindern Radtouren unternimmt und seiner Frau regelmäßig Blumen schenkt. Andreas hatte in seinem Leben schon viele Polizisten gesehen, und ihm war immer wichtig gewesen, sie gut einschätzen zu können. Er hatte sich nie sehr kooperativ gezeigt, doch er wusste, mit welchen Beamten er sich auf keinen Fall anlegen durfte.

Sie gingen um einen kleinen Tresen herum, vor dem zwei Stühle für wartende Besucher standen, die wahrscheinlich nie benutzt wurden. Hinter dem Tresen standen sich zwei Schreibtische gegenüber, und nur auf einem der beiden stand ein Computer. Peter stellte zwei Stühle vor die Schreibtischseite und setzte sich an den Tisch mit dem Computer. Nils nahm gegenüber Platz.

„Anna, du setzt dich am besten da vorne hin!", sagte Peter und deutete auf die Stühle vor dem Tresen.

„Zuerst einmal müssen wir die Personalien aufnehmen!"

Peter klickte ein paarmal mit der Maus und starrte dabei auf den Bildschirm.

Andreas kannte die Prozedur. Das alles machte ihm keine Angst mehr. Er hatte sich schon fast in sein Schicksal ergeben. Das Einzige, was an ihm nagte, war die Tatsache, dass Norbert neben ihm saß. Norbert, der unendlich enttäuscht von ihm sein musste, der immer zu ihm gehalten und ihn immer fair behandelt hatte. Er konnte Norbert nicht anschauen, doch er spürte seine Nähe wie die Hitze eines Feuers direkt neben ihm. Seine Schläfe, sein Arm und sein Bein wurden ganz heiß. Andreas nahm sich vor, nicht mehr zu lügen. Ab heute wollte er die Wahrheit sagen, selbst wenn sie ihm keiner mehr glauben würde.

Andreas gab seinen Namen, den Namen seiner Mutter und seine Adresse an. Peter tippte die Informationen in den Computer ein, und als der ihm die Vorstrafenliste von Andreas ausspuckte, hoben sich seine Augenbrauen, und sein Mund formte ein stummes „O".

„Na, da steht ja einiges zu Buche! Tja, Junge, das sieht finster aus für dich!"

Er drehte sich Andreas zu und legte den Plastikbeutel zwischen ihnen auf den Tisch.

„Dein Feuerzeug haben wir ja schon gefunden, und ich bin sicher, dass die Jungs von der Spurensicherung auch deine Fingerabdrücke im Auto finden werden. Du hast zwei Höfe in Brand gesteckt! Das wissen wir, weil du denselben Brandbeschleuniger benutzt hast! Du siehst also, dass es keinen Zweck mehr hat, hier irgendwas zu leugnen. Ich werd jetzt deine Aussage aufnehmen, und es wäre besser für dich, wenn du mir die Wahrheit sagst! Hast du verstanden?"

Andreas nickte. Peter legte seine Hände auf die Tastatur.

„Na dann, leg mal los!"

Andreas versuchte, ruhig und sachlich zu bleiben. Er stellte sich auf einigen Gegenwind ein.

„Ich hab die Brände nicht gelegt."

Peter schlug mit der flachen Hand auf den Tisch, dass es laut krachte.

„Was hab ich eben gesagt? Du hast zwei Existenzen zerstört, kapierst du das eigentlich!? Weißt du, was das für Heiner und Klages bedeutet!? Natürlich nicht, weil Typen wie du machen sich ja keine Gedanken, ihr versteht überhaupt nicht, um was es hier alles geht!"

Andreas drehte sich weiter zu Norbert, der neben ihm saß und auf seine Hände blickte, die gefaltet in seinem Schoß lagen. Er hatte diese Haltung schon bei Anna gesehen. Einen Augenblick war Andreas so fasziniert, wie sich an so einer Kleinigkeit zeigen konnte, dass die beiden zusammengehörten, Vater und Tochter waren, dass er vergaß, was er sagen wollte. Er suchte Norberts Augen. Jetzt musste er den Satz sagen, den er sich genau für diesen Moment aufgespart hatte.

„Ich war's wirklich nicht." Was Peter und Nils machten, war Andreas egal, er sah die beiden gar nicht mehr, und wenn einer von ihnen etwas gesagt hätte, hätte er sie auch nicht gehört.

„Ich bin in der Nacht mit dem Fahrrad zu Klages gefahren. Ich wollte sein Auto ... nehmen und damit zum Güterbahnhof am Getreidesilo fahren und dann abhauen! Der Wagen war offen, und als ich ihn kurzschließen wollte, hab ich jemanden gesehen. Er ging direkt am Auto vorbei!"

„Quatsch!", rief Peter. Er schrieb nichts von dem auf, was Andreas sagte.

„Nach ein paar Minuten kam er wieder zurück und fuhr mit einem Auto weg!"

„Hast du den Mann erkannt?", fragte Nils, und Peter schaute ihn an, als hätte er das nicht fragen dürfen.

„Nein, es war zu dunkel!"

„Und der Wagen?"

„Auch nicht. Ich hab nur so 'n komischen Aufkleber erkennen können. Sah aus wie 'n Fleck oder so was!"

„Ein Schatten, ein Aufkleber, meinst du, wir nehmen dir das ab!?", fragte Peter wütend.

„Es war so!" Norbert warf Andreas einen kurzen Blick zu.

„Und dann?", wollte Nils wissen.

„Ich hab gesehen, dass es im Stall brennt, und bin abgehauen, weil mich sowieso jeder verdächtigt hätte!"

„Hübsche Geschichte! Aber Fakt ist, wir haben dein Feuerzeug und deine Fingerabdrücke! Kein Richter der Welt wird dir glauben!"

„Was soll denn das für ein Aufkleber gewesen sein?", fragte Norbert.

„Das ist eine polizeiliche Vernehmung! Du bist nur da ..."

„Peter! Ich habe eine Frage gestellt, und der Junge wird sie beantworten!"

Peter biss vor Wut die Zähne zusammen. Seine Kaumuskeln traten hervor.

„Er war schwarz! So 'n komischer Fleck! Keine Ahnung, was das war!"

„Kann auch ein Fleck im Lack gewesen sein oder Schmutz!", sagte Peter.

„Nein, es war ein Aufkleber!", beharrte Andreas.

„Und, welche Ausrede hast du für den ersten Brand?"

„Ich bin noch nie auf dem Hof gewesen! Da war ich doch erst ein paar Tage hier!"

„Was hast du denn zum Tatzeitpunkt gemacht, so zwischen 3 und 4 Uhr morgens am 21 Juli?"

„Ich war zu Hause!"

„Kann das jemand bezeugen?", fragte Peter und sah dabei Norbert an.

„Ja!" Anna war aufgestanden, und alle drehten sich zu ihr um. Da stand sie in ihrem weißen T-Shirt, roten Bermudashorts und mit nackten Füßen und hob stolz ihren Kopf. Niemand sagte mehr ein Wort.

„Er war zu Hause, ich hab ihn gesehen!"

„Du hast ihn also gesehen?"

„Ja!"

„Und du weißt noch, dass das am 21. Juli zwischen 3 und 4 Uhr morgens gewesen ist?"

„Ja!"

„Anna, das ist kein Spiel hier! Du kannst nicht einfach so was dahersagen!"

„Mach ich nicht!"

Peter rieb sich genervt die Stirn.

„Anna, das ist ernst! Hast du Andreas gesehen?", fragte Norbert mit ruhiger Stimme.

„Ja, Papa! Erst hat er geraucht am Fenster. Dann ging er runter und hat den Fernseher angemacht. Da war es Viertel vor drei! Ich hab ihn beobachtet und bin dann wieder ins Bett. Aber ich konnte nicht mehr einschlafen!"

„Und das war am 21.?"

„Ja, Klages kam doch am nächsten Tag und ist mit dir weggefahren! Andreas hat noch gefragt, ob das Ärger bedeutet! So war's dann ja auch!"

„Ich kann das mit in den Bericht schreiben, aber helfen wird es trotzdem nicht! Du wirst bald Post vom Gericht bekommen, die werden dann alles aufklären. Das ist nicht unser Problem. Wir nehmen hier nur die Fakten auf!", sagte Peter und fing an zu tippen.

Andreas konnte kaum glauben, dass Anna das für ihn tat. Ob es stimmte, was sie sagte, ob sie ihn tatsächlich beobachtet hatte, wusste er nicht, aber er hatte wieder dieses Gefühl wie damals im Auto nach dem Restaurantbesuch. Er fühlte sich ihr sehr stark verbunden, so als sei sie seine Schwester. *Wahrscheinlich fühlt es sich so an, wenn man eine Schwester hat*, dachte er. Doch was war sie eigentlich wirklich für ihn? Sie war die Tochter des Cousins seiner Mutter. Andreas hatte keine Ahnung, welchen verwandtschaftlichen Begriff es dafür gab. Aber es fühlte sich enger an, als es klingen würde. Da war er sich sicher.

30. Kapitel

Sie hatten spät zu Abend gegessen an diesem Tag. Norbert hatte darauf bestanden, dass Andreas seine Mutter anrief. Natürlich weinte sie am Telefon. Und genau wie Norbert glaubte sie ihm nicht. Sie hatte zu viel mit ihm durchgestanden und war zu oft von ihm belogen worden. Bei Norbert war es genau andersherum. Er hatte immer an ihn geglaubt, und jetzt war dieser Glaube buchstäblich in Rauch aufgegangen.

Dieser Tag hatte Norbert sehr mitgenommen. All seine Energie und die Geschwindigkeit, mit der er sich sonst bewegte, waren schlagartig verschwunden. Er sah aus wie immer, aber er bewegte sich dabei wie ein Greis, als sei er um Jahre gealtert.

Anna dagegen wirkte sehr nervös und unentschlossen. Oft griff sie nach irgendetwas und entschied sich dann aber doch dagegen, nahm etwas anderes und stellte schließlich auch das zurück. Es war pures Glück, dass ihr beim Abendessen nichts aus der Hand fiel.

Die Atmosphäre im Haus war nur schwer zu ertragen, erst recht nachdem sie sich so gut verstanden hatten, und Andreas hielt es für das Beste, gleich auf sein Zimmer zu gehen. Er hatte gesagt, was er sagen konnte. Das stimmte nicht ganz. Es gab da noch etwas.

Norbert schlurfte zur Couch und ließ sich kraftlos in die Polster fallen. Dort hatte er noch nie gesessen. Zumindest nicht, solange Andreas hier war. Anna klimperte mit dem Geschirr in der Küche.

„Ich geh rauf!“, sagte Andreas, und Norbert nickte minimal.

Am Fuße der Treppe blieb Andreas stehen.

„Tut mir leid, das alles!“, sagte er, und seine Worte klangen schrecklich unbeholfen. Entschuldigungen auszusprechen hatte er nie gelernt. Es war für ihn fast, wie in einer anderen Sprache zu sprechen, und er hatte das Gefühl, jedes Wort falsch betont zu haben. Norbert regte sich nicht auf dem Sofa. Nur das Klimpern in der Küche war verstummt.

Andreas stieg die Treppe hinauf und verschwand in seinem Zimmer. Am Wochenende würde seine Mutter kommen. Sie würde sich alles noch mal von Norbert erzählen lassen, und sie würde den Kopf schütteln und jammern und ihm was vorheulen. Aber das wollte Andreas nicht. Er wollte nicht, dass sie kam und ihr Berliner Zuhause hier mit herbrachte. Das alles sollte dort bleiben, wo es hingehörte. Hier war dafür kein Platz.

Andreas tippte ihre Nummer ins Handy, und nachdem es siebenmal geklingelt hatte, ging seine Mutter endlich ran. Sie würde nach Rotwein klingen, das wusste er, aber es musste jetzt sein. Er musste es ihr jetzt sagen.

„Hallo?"

„Ich bin's!"

„Andreas?"

„Ja, Andreas! Hör zu, Mama, ich will nicht, dass du hierherkommst und mich abholst. Ich komm alleine klar."

Seine Mutter erwiderte nichts. Andreas hörte nur ein Rauschen und die Geräusche des Fernsehers im Hintergrund.

„Mama?"

„Ich bin noch dran!"

„Und?"

„Was soll ich sagen?"

„Ich komm alleine! Ich ruf dich noch an, wann der Zug ankommt!"

„Was tust du nur?"

„Ich hab gar nichts gemacht! Vielleicht glaubst du mir mal, verdammt!"

„Ich würde gern!"

„Bis dann!"

„Aber Norbert denkt doch ..."

„Ich erklär's ihm! Bis dann!"

„Bis dann."

Andreas legte auf. Stille drang in seine Ohren wie Wasser. Der ganze Raum war mit Stille geflutet. Er hörte nichts mehr, gar nichts. Er summte einmal, um sich zu vergewissern, dass er nicht taub war. *Was machen die beiden da unten? Sie reden mit Sicherheit über mich. Natürlich, was sollen sie sonst machen.*

Andreas wollte unbedingt wissen, was Norbert über ihn dachte. Also öffnete er so leise es ging die Tür und spähte hinaus in den Flur. Pastor lag auf dem Teppich und wedelte mit dem Schwanz. Stimmen hörte er keine. Er musste näher an die Treppe gehen. Pastor hob neugierig seinen Kopf, als Andreas einen langen Schritt über ihn hinweg machte. Durch das Treppengeländer konnte Andreas jetzt Norbert erkennen. Anna saß auf dem Sessel rechts. Nur ihre Beine waren zu sehen. Sie sprachen nichts, saßen einfach nur da und starrten in den Raum. Andreas setzte sich hin. Gleich würden die beiden reden. Das Gespräch lag in der Luft wie ein Gewitter an einem schwülen Tag.

„Bist du böse?“, fragte Anna. Ihre Stimme war kaum zu hören, fast so, als käme sie aus dem leise gestellten Fernseher.

„Böse ist das falsche Wort“, sagte Norbert nach einem Moment der Stille.

„Ich hab gedacht ...“, begann er, doch dann schweiften seine Gedanken ab, und er beendete den Satz nicht mehr. Pastor kam auf Andreas zugekrochen. Seine Krallen kratzten über den Teppich. Der Hund legte seinen Kopf auf Andreas' Bein und schloss die Augen. Andreas fing an, ihn hinter den Ohren zu kraulen. Es war das erste Mal, dass er den Hund berührte.

„Warum hast du das vorhin gemacht auf der Wache?“, fragte Norbert.

„Weil ich ihn gesehen hab! Er war nicht weg in der Nacht!“

„Aber er hat dich schlechtgemacht vor seinem Freund. Er hat dir wehgetan!“

„Aber ich hab ihn doch gesehen!“

„Das war ganz richtig. Du hast das sehr gut gemacht!“

Wieder schwiegen sie eine Weile. Anna ballte ihre Zehen immer wieder zusammen. Ihre Hände hatte sie neben sich in das Sesselpolster gestützt, als hätte sie Rückenschmerzen und könnte nur schlecht sitzen. Mehr konnte Andreas nicht von ihr sehen, aber er glaubte, dass sie den Kopf gesenkt hielt und ihre Haare das Gesicht verdeckten.

„Du magst ihn." Ihre Zehen standen plötzlich still. Ihre Knie ruckten vor und zurück. Wahrscheinlich hatte sie genickt.

„Warum?"

„Ich weiß nicht. Weil wir irgendwie gleich sind."

„Ihr?" Norbert lachte erschöpft.

„Ja, sein Vater ist weggegangen und Mama auch."

Norbert sah aus, als drücke ihn eine riesige unsichtbare Hand immer tiefer in die Couch. Lange würde er das Gewicht nicht mehr ertragen können. Er lehnte sich nach vorn und stützte seine Unterarme auf den Knien ab.

„Anna ... deine Mutter ..." Norbert atmete aus. Es klang wie ein Keuchen.

„Du hast noch dieses Foto von ihr?"

„Ja, aber nur das eine! Tut mir leid, ich hab ... ich kann's dir holen, wenn du willst ..."

„Nein! Anna, nein, das will ich nicht! Du sollst es doch behalten! Ich will nicht, dass du denkst, du müsstest es verstecken. Du kannst es doch aufhängen in deinem Zimmer!"

„Wirklich?"

„Natürlich! Ich ... wir können auch noch andere Bilder wieder aufhängen!"

„Aber du hast doch alle weggetan!"

„Nicht alle. Das konnte ich nicht. Anna, ich hab einen großen Fehler gemacht. Wir haben nie über das alles gesprochen. Ich ... ich hab alles falsch gemacht."

„Schon gut."

„Nein, das ist es nicht. Du hast viel ertragen müssen meinetwegen. Weißt du, Mama und ich haben andere Vorstellungen vom Leben gehabt. Sie ist hier nicht geboren wie ich. Sie brauchte andere Dinge, das hier war nicht ihr Leben. Es ist ein hartes Leben. Aber auch schön. Nur eben nicht für jeden. Und Mama hat sich jahrelang unterordnen müssen. Sie hat Dinge getan, die sie gar nicht wollte. Und dann musste sie einfach weg. Aber wir dachten, dass du hierbleiben willst, hier in deiner Umgebung, bei deinen Freunden. Und sie musste sich ja auch erst mal etwas Neues aufbauen. Eine Stelle finden, eine Wohnung und so."

„Wo wohnt Mama?"

„Sie wohnt in Würzburg. Das ist ziemlich weit weg. Aber du wirst sie sehen. Das versprech ich dir. Ich rufe sie gleich morgen an."

„Kann sie hierherkommen?"

„Ja, das kann sie auch."

„Und es macht dir nichts aus?"

„Es macht mir mehr aus, wenn du so traurig bist. Du musst deine Mutter sehen. Gott, ich ..." Norbert wusste nicht weiter. Er streckte die Hand aus, und Anna legte ihre Hand in seine. Er zog sie zu sich herüber und nahm sie ganz fest in die Arme.

„Wir müssen mit Mama noch mal über alles reden. Wir drei. Vielleicht möchtest du ja auch bei ihr wohnen."

„Das weiß ich nicht."

„Egal. Wir rufen sie morgen an, ja?" Anna nickte auf seiner Brust, und Norbert küsste sie auf den Kopf.

„Es tut mir leid. Es tut mir so leid."

Jetzt würden sie bald raufkommen und zu Bett gehen. Andreas stand vorsichtig auf, wischte sich die Tränen aus dem Gesicht und huschte lautlos in sein Zimmer.

31. Kapitel

Andreas suchte Anna. Im Haus war sie nicht und bei den Pferden auch nicht. Er ging über den Hof rüber zum Kuhstall. Heute war ein schwüler Tag. Der Himmel war von einer bauchigen Wolkendecke verhangen. Die Luft klebte, und man schwitzte mehr als an den Tagen, an denen die Sonne ungehindert aufs Land schien.

Andreas schaute in den dunklen Stall. Die Kühe fraßen ihr Heu und bemerkten ihn gar nicht. Sie hatten sich längst an seinen Anblick gewöhnt.

Anna war nicht zu sehen. Er ging rechts an der Seite an den Kühen vorbei und entdeckte sie hinten bei den Boxen für die Kälbchen. Sie gab ihnen Milch, und die beiden Kälber tranken gierig und schmatzend.

„Hallo!", sagte Andreas.

„Sind schon ganz schön groß geworden!", sagte Anna und sah dabei die Zwillingskälbchen an.

„Stimmt."

„Ist Papa noch beim Einkaufen?"

„Ja, er wollte auf dem Rückweg auch noch bei Klages vorbei. Kann ein bisschen länger dauern."

„Sie haben immer noch keine Namen."

„Ich weiß."

„Fällt dir denn gar nichts ein?"

„Doch! Ich wollte den hier Links und den anderen Rechts nennen!", sagte Andreas und deutete auf den linken und den rechten Bullen. Anna musste lachen.

„Ist doch genial! Links und Rechts gehören doch irgendwie zusammen, wie die Zwillinge auch! Außerdem klingt es gut, wenn du sie rufst! He, Links, wo is'n Rechts?"

Anna lachte immer lauter und hielt sich die Hand vor den Mund.

„Oder meinst du, Rechts würde besser zu Links passen? Können wir auch machen!"

Anna schüttelte den Kopf.

„Also gut!" Andreas schöpfte etwas Milch aus einem der Eimer und goss sie dem linken Bullen über die Stirn.

„Hiermit taufe ich dich auf den Namen Links!"

Er machte das Gleiche mit dem rechten Tier.

„Hiermit taufe ich dich auf den Namen Rechts!" Anna kam aus dem Lachen gar nicht mehr heraus, und Andreas genoss es.

„Und solltet ihr noch mal Geschwister kriegen, werden die Hinten und Vorne heißen! Oder wollt ihr vielleicht einen Doppelnamen haben? Dann könnten wir dich Links-Außen nennen und dich Rechts-Abbiegen!"

Anna bog sich vor Lachen.

„Du hast ja immer noch keine Schuhe an!", sagte Andreas und schaute auf ihre Füße.

„Nein. Hier auf dem Hof brauch ich keine, glaub ich."

„Na ja, in Berlin braucht man schon welche."

„Wir haben heute Morgen mit Mama telefoniert!"

„Wirklich?"

„Ja, sie wohnt in Würzburg! Soll ich dir mal zeigen, wo Würzburg liegt?"

Sie war so aufgeregt, dass Andreas nicht nein sagen konnte.

Sie gingen in ihr Zimmer, wo sie in einem Atlas eine Karte von Deutschland aufschlug.

„Hier ist Würzburg! Und hier sind wir!" Sie fuhr mit dem Zeigefinger über das Papier. Andreas' Augenbrauen schoben sich zusammen.

„Was ist?"

„Das da sieht aus wie der Aufkleber, den ich gesehen hab!" Andreas drückte seinen Zeigefinger auf eine Insel in der Ostsee.

„Fehmarn!", las Anna vor. „Sollten wir das der Polizei sagen?"

„Die glauben mir eh nicht!"

„Dann eben Papa!"

„Der glaubt mir auch nicht! Ich muss das Auto selber finden. Habt ihr hier nicht 'ne Disco irgendwo?"

„Ja, die alte Lagerhalle in Jerichow!"

„Ich wette, wenn ich mich da umschaue, finde ich den Wagen! Ich fotografier ihn, und dann geh ich zur Polizei! Irgendwer will mir hier was in die Schuhe schieben! Vielleicht sogar einer von Steffens Leuten."

„Ich will mitkommen!", sagte Anna.

„Auf keinen Fall!"

„Ich komme mit! Oder ich sag Papa, was du vorhast!"

Andreas konnte nicht glauben, was er da gehört hatte. Dieses kleine, zarte Mädchen versuchte, ihn zu erpressen. Andererseits, was erlebte sie denn schon auf diesem Hof? Sie hatte keine Freunde mehr und musste den ganzen Tag arbeiten. Und was sollte schon passieren? Sie sahen sich ja nur ein bisschen um in der Gegend. Weiter nichts. Es war alles ganz harmlos.

Sie verabredeten sich für den nächsten Samstag. Um ein Uhr nachts wollten sie sich oben auf dem Flur treffen und dann mit den Fahrrädern zur alten Lagerhalle fahren.

Andreas würde sogar recht behalten. Er würde tatsächlich den Wagen mit dem schwarzen Aufkleber finden. Doch er ahnte nicht, dass sein Plan eine schlimme Wendung nehmen würde. Mit seiner Vorstellung, dass diese Nacht ganz harmlos verlaufen würde, irrte er sich gewaltig.

32. Kapitel

Norberts erste Reaktion darauf, dass Andreas seine Mutter gebeten hatte, nicht zu kommen, war ein kritischer, bohrender Blick.

„Du willst doch nicht etwa abhauen?", fragte Norbert mit einer Unsicherheit, die Andreas noch nie in seiner Stimme gehört hatte.

„Was? Nein!" Andreas hatte nicht eine Sekunde lang daran gedacht, die Gelegenheit, ohne seine Mutter zu fahren, derart auszunutzen. Jetzt wunderte er sich, dass er nicht selbst darauf gekommen war.

„Nein, ich denke nur ... ich will das allein machen!"

„In Ordnung."

Norbert ließ ihn in seinem Arbeitszimmer im Internet nach einer Verbindung suchen. Während Andreas am Computer saß, durchforstete Norbert einige Aktenordner. Es gab viele Aktenordner hier. Sie füllten zwei große Regale.

„Hast du so viel Schreibkram?"

„Oh ja, da kommt was zusammen!"

„Ich dachte, Bauern können gar nicht lesen!"

„Ja, unser IQ liegt nur knapp über dem eines Jugendlichen aus Berlin!"

Andreas grinste. Norbert stand hinter ihm, so dass er sein Gesicht nicht sehen konnte, aber er war sich sicher, dass er auch grinste.

„Wann soll ich denn fahren?"

„Ist mir egal! Ist ja Sonntag!"

„Ich nehm irgendwas nachmittags!"

Andreas tippte bei Abfahrtszeit „15 Uhr" ein und wartete. Norbert polterte lautstark hinter ihm herum.

„Was machst du da?"

Er hatte eine komplette Reihe Ordner aus dem Schrank geholt und auf den Boden gelegt. Auf allen vieren kriechend, zog er etwas hinter dem Regal heraus. Es war eine Pinnwand, die vollkommen mit Spinnweben bedeckt war.

„Muss mal wieder saubermachen hier!“, sagte Norbert und stand auf. Andreas schaute wieder auf den Bildschirm.

„15 Uhr 34 geht ein Zug ab Jerichow. Also erst ein Bus und dann ein Zug!“

„Ist doch gut! Ich geh schon mal runter. Man kann sich auch ein Ticket ausdrucken! Zum Bezahlen kannst du einfach meine Kreditkarte angeben! Die liegt da im Portemonnaie!“

„Danke!“, sagte Andreas, und Norbert verschwand aus der Tür.

Andreas buchte seine Zugfahrt und nahm sich die Kreditkarte. Früher hätte er diese Gelegenheit ausgenutzt und Geld genommen. Jetzt dachte er nicht mal daran, in das Fach für die Geldscheine zu schauen. Er druckte das Ticket aus. Als er die Karte zurücklegte, sah er einige Briefe von der Bank auf dem Tisch liegen. Es war ein Stapel von fünf Briefen. Andreas klappte einen auf und las in der Betreffzeile das Wort „Mahnung“.

Norbert hatte Andreas gestern erst seinen Lohn gezahlt. Insgesamt waren ihm, seitdem Steffen ihn beklaut hatte, 160 Euro geblieben. Das Bahnticket kostete 49 Euro. Andreas nahm einen Fünfziger aus seinem Portemonnaie und steckte ihn ins Norberts Portemonnaie hinein.

Er fuhr den Computer herunter, schloss die Tür hinter sich und ging die Treppe hinunter. Auf der vorletzten Stufe blieb er abrupt stehen. An der Wand im Flur hatte sich etwas verändert. Es war eine dieser Veränderungen, die man mit dem Bruch eines gewohnten Musters wahrnimmt. Andreas war es gewohnt, an der Wand im Flur die alten weißen, rechteckigen Flecken zu sehen. Jetzt hing über diesen Flecken die Pinnwand, die Norbert hinter dem Regal hervorgekramt hatte. An ihr waren mit Reißzwecken Bilder von Norbert, Anna und ihrer Mutter befestigt.

33. Kapitel

Bereits am Samstag früh verspürte Andreas eine nervöse Unruhe. Heute Nacht würde er vielleicht den wahren Brandstifter finden, den Kerl, der ihn bald in den Knast bringen würde, wenn er nicht etwas unternahm. Aggression mischte sich seiner Unruhe. Vielleicht auch etwas Angst und Vorfreude. Es war eine ungewohnte Situation für ihn, unschuldig zu sein und dennoch beschuldigt zu werden. Er hatte eine Menge ausgefressen in seinem jungen Leben und war dafür einige Male bestraft worden. Einige Male war er auch mit einem blauen Augen davongekommen, aber jetzt sah er sich einer Aufgabe gegenüber, die ihn einerseits wütend machte andererseits aber auch sehr befriedigte. Er war wütend darüber, dass es da draußen jemanden gab, der ihm absichtlich etwas anhängen wollte, das ihn für Jahre in den Knast brachte. Wer war dieser Jemand, und warum tat er das? Was hatte Andreas ihm getan?

Befriedigung verschaffte ihm der Gedanke, dass er unschuldig war. Er gab ihm eine Sicherheit, die er vorher nie verspürt hatte. Er fühlte sich im Recht, er wusste, dass er nichts verbrochen hatte. Und sich nun auf die Suche nach dem wahren Täter zu machen weckte ein Gefühl von Abenteuerlust, von notwendiger Rache und ein Gefühl von Gerechtigkeit in ihm.

Andreas stand auf dem Feld, das er mit Norbert abgeerntet hatte. Eine riesige, weite Fläche mit ein paar seichten Wellen und Erhebungen, gesäumt von tiefgrünen Bäumen. Der Wind war böig heute und blies dichte weiße, turmhoch aufgeworfene Wolken über den Himmel. Ihre Schatten zogen sich über das Land wie Projektionen von abstrakten schwarzweißen Bildern. Die Sonne schien durch eine schier endlose lange Wolke, warf einen gebündelten Lichtstrahl auf das Stoppelfeld.Ein kreisrunder, silbern schimmernder Fleck entstand ungefähr zweihundert Meter weit von Andreas entfernt. Andreas stellte sich vor, in diesem leuchtenden Fleck zu stehen, beleuchtet von einem Sonnenstrahl, der rein zufällig genau an dieser Stelle niederging und auf die Erde traf. Was musste das für ein Gefühl sein, in einem solchen Licht zu stehen? Aber er stand hier im Schatten. Er dachte daran, dass morgen alles vorbei war. Er würde zurück nach Berlin fahren und all den Gestank, den Dreck und den Schmutz hinter sich lassen. Er würde Anna und Norbert, Pastor und Links und Rechts hinter sich lassen und Klages und Steffen und all die anderen Leute, die ihn für einen Taugenichts hielten. Morgen würde er Berlin wiedersehen. Seine Stadt. Mit ihren endlosen Straßen, hohen Häusern und engen Hinterhöfen, mit ihren Müllsäcken am Kanal und den Ratten, die im Sommer aus dem Wasser kamen, und mit den eingezäunten Spielplätzen voller wütender Jungen, wie er einer war. Er drehte sich um und ging nachdenklich zum Hof, wo Pastor neben dem Schweinestall stand und ihm schwanzwedelnd entgegenschnüffelte.

Der Tag wollte gar nicht vergehen, und Andreas hatte immer das Bild des schwarzen Aufklebers vor Augen. Der Fehmarnaufkleber auf dem Auto des Schattenmanns. Andreas konnte nicht einmal sagen, welche Farbe das Auto hatte, und wahrscheinlich war es auch nicht das einzige Auto, das einen solchen Aufkleber besaß. Dennoch glaubte Andreas bei seiner Suche an einen Erfolg. Alles lief ab wie in einem Traum. Die Ernsthaftigkeit seiner Situation, dass er höchstwahrscheinlich angeklagt und in Haft genommen würde, blendete er völlig aus. Es war wie in einem Film, in dem der Held in lebensbedrohliche Schwierigkeiten geriet, aus denen es scheinbar keinen Ausweg gab, aber man trotzdem genau wusste, dass es ein Happy End geben würde. Exakt so verhielt es sich jetzt auch. Andreas glaubte an ein Happy End. Er glaubte daran, dass er gewinnen würde, weil er doch schließlich im Recht war.

In dieser Nacht kühlte es sich ungewöhnlich rasch ab. Andreas lag bei offenem Fenster auf seinem Bett und wartete darauf, dass es ein Uhr wurde. Die Kälte kroch in sein Zimmer, und er musste sich eine Jacke anziehen, um nicht zu frieren. Er hätte auch das Fenster schließen können, doch er hatte das Gefühl, er müsste hinaushorchen können, falls etwas Unvorhergesehenes geschah. Ein geschlossenes Fenster hätte ihn blind und taub gemacht.

Sein Handy war voll aufgeladen, das hatte er mehrere Male kontrolliert. Sein Messer war in der Jackentasche verstaut. Was er brauchte, hatte er bei sich. Hoffentlich machte Anna ihm keine Schwierigkeiten. Wenn sie Angst bekam und einen Rückzieher machen wollte, konnte er keine Rücksicht auf sie nehmen. Er musste das Ding jetzt durchziehen. Mit ihr oder ohne sie.

Um kurz vor eins hielt er es nicht mehr aus. Er konnte nicht länger daliegen und nichts tun. Er öffnete seine Tür und schaute in den dunklen Flur. Pastor lag vor seiner Tür, schlief aber tief und fest. Andreas lauschte in die Richtung von Norberts Zimmer. Fast eine Minute lang blieb er wie versteinert stehen und versuchte, jedes noch so kleine Geräusch aufzufangen, aber bis auf ein dumpfes Quietschen, das zu seiner eigenen Überraschung von seinen Kniegelenken kam, hörte er nichts. Eine Minute vor eins öffnete sich Annas Tür. Sie nickten sich im Dunkeln zu und schlichen gemeinsam die Treppe hinunter. Anna war gut vorbereitet. Sie hatte sich dunkle und warme Kleidung angezogen. Draußen, auf dem freien Feld, würde es richtig kalt werden.

Sie schnappten sich jeder ein Fahrrad, und ihr kleines Abenteuer konnte beginnen. Anna meinte, dass sie eine halbe Stunde für eine Wegstrecke brauchten.

Die Straße lag wie eine dunkle Vorahnung vor ihnen. Ein schwarzer Streifen Asphalt, der sie in eine unbestimmte Zukunft führen würde. Andreas fuhr vorneweg und bestimmte das Tempo. Sie sprachen kein Wort während der Fahrt, nur an den Kreuzungen fuhr Andreas langsamer, Anna schloss zu ihm auf und sagte ihm, in welche Richtung sie weiterfahren mussten.

Die kalte Luft drang durch alle Öffnungen ihrer Kleider. Der Schweiß lag kalt auf ihrer Haut und ließ sie frösteln. Nach zwanzig Minuten Fahrt waren sie noch keinem Auto begegnet. Erst als die Lagerhalle in Sichtweite kam und sie die tiefen Bässe der Musik schlagen hören konnten, wurde auch der Straßenverkehr lebhafter.

Die Disco war ein großer, rechteckiger Holzschuppen und lag etwas zurückgesetzt von der Landstraße auf einem freien Feld. Ein Drahtzaun fasste das Gelände ein. Auf dem Parkplatz aus Schotter, rechts neben dem Gebäude, parkten die Autos in vier Reihen. An einem fast fünfzig Meter langen Fahrradständer wimmelte es von Fahrrädern. Auf der Landstraße stand auf beiden Fahrbahnseiten jeweils ein Wartehäuschen für den Bus. Beide waren mit Graffiti und Edding über und über bemalt worden.

Andreas hielt an. Sie schlossen ihre Fahrräder an einen Baum und gingen dann zu Fuß über die Straße auf das Gelände. Vor der Disco stand ein Pulk von Menschen, die sich laut unterhielten, lachten, rauchten und Bier aus der Flasche tranken. Andreas ging direkt auf den Parkplatz zu. Er war voll mit den typischen Autos junger Männer auf dem Land. Getunte und tiefergelegte Kleinwagen in knalligen Farben und mit protzigen Felgen. Immer wenn ein neues Auto auf den Parkplatz gefahren kam, knackte und krachte der Schotter unter den Reifen, und Staub wirbelte auf. Wie ein Entenjunges seiner Mutter lief Anna Andreas hinterher.

„Geh du da rüber, dann sind wir schneller!", sagte Andreas und deutete auf die gegenüberliegende Parkreihe.

„Auf dem Kofferraum! Schwarz!", erinnerte er Anna.

Hier und da standen einige Leute zwischen den Autos herum und unterhielten sich, stiegen aus oder ein, und ein paar Pärchen knutschten im Schutz der Dunkelheit. Andreas ging konzentriert ein Auto nach dem anderen ab. Kofferraum für Kofferraum. In seinem Kopf hatte er das Bild des Wagens schon parat gelegt, jetzt musste er es nur noch wie eine Folie über einen Wagen hier an der Disco legen können. Bei einem gelben Polo entdeckte er einen schwarzen Aufkleber von Amrum. Er hatte die Hand schon an seinem Handy, um das entscheidende Foto zu machen, bis er den Unterschied erkannte. Am Ende der Reihe trafen sich die beiden, und Anna zeigte mit dem Finger auf einen Mini.

„Das ist Steffens Auto und das daneben ist das von Thomas!" Aber auf dem Kofferraum waren keine Aufkleber zu sehen.

Nach zwanzig Minuten hatten sie alle Wagen nach Aufklebern abgesucht. Andreas stellte sich noch weitere zwanzig Minuten neben die Einfahrt und kontrollierte jedes herein- und herausfahrende Fahrzeug, aber ohne Erfolg.

„Tut mir leid!", sagte Anna. Ihre Augen waren ganz klein. Sie war müde und erschöpft. Auch Andreas spürte so etwas wie Müdigkeit, doch bei ihm war es eher Enttäuschung. Andreas sah sich um. Das konnte noch nicht alles gewesen sein, so konnte diese Nacht nicht enden. Entlang der Straße parkten noch ein paar Autos, die auf dem Parkplatz nicht mehr untergekommen waren.

„Geh du schon mal zu den Rädern und schließ auf, ich komme sofort!", sagte Andreas und lief zu den Fahrzeugen hinüber. Eilig ließ er seinen Blick über die Heckklappen gleiten, doch der Fehmarnaufkleber tauchte nicht auf. Andreas sah auf die Uhr. Es war fast halb drei. Die meisten Autos fuhren jetzt nach Hause. Um drei Uhr würde die Disco schließen. Langsam begriff Andreas seine Not. Die Zeit lief ihm davon, Zeit, irgendetwas zu unternehmen, seine Unschuld zu beweisen. Er hatte nichts in den Händen.

Andreas ließ seinen Blick zu den Rädern schweifen. Anna war nicht dort. Sie stand immer noch am Zaun neben der Einfahrt. Aber sie war nicht allein. Steffen stand bei ihr, hatte ihren Arm gepackt und fuchtelte mit dem Zeigefinger vor ihrem Gesicht herum. Andreas setzte sich in Bewegung. Wie eine anfahrende Lokomotive walzte er auf Steffen zu. Jetzt würde er ihm eine Abreibung verpassen, jetzt war es endlich so weit. Andreas konnte inzwischen verstehen, was Steffen sagte. Er sprach sehr laut.

„Du wirst deine Aussage wieder zurückziehen, kapiert!? Oder ich mach dir das Leben zur Hölle! Hast du verstanden? Geh zu Peter und sag, du hast dich geirrt!"

Andreas wollte gerade etwas rufen und atmete schon tief durch, als Anna Steffen plötzlich eine Ohrfeige gab. Es gab einen Knall, und Steffen wich einen Schritt zurück. Es war ein kräftiger Schlag gewesen. Seine Augen quollen fast über, so überrascht war er von Annas Reaktion.

„Ich hab nicht gelogen, ich lüge nicht!!!

Anna machte einen Schritt auf ihn zu und schlug erneut auf ihn ein. Steffen hob schützend die Hände über seinen Kopf, und ein paar Meter entfernt fing eine Gruppe von Jungen an zu lachen. Andreas kam näher, und Steffen bemerkte ihn. Andreas konnte an seinem verlangsamten Augenaufschlag erkennen, dass er schon einiges getrunken hatte.

„Die kann echt wild werden, was?", sagte Andreas. Sogar Steffen verstand, dass er zu betrunken war, um sich mit Andreas auf einen Kampf einzulassen. Er ließ sich gegen den Zaun fallen und fluchte. Andreas nahm Anna am Arm und ging mit ihr über die Straße.

„Alter, du hast ihm richtig eine verpasst, Mann!", freute er sich. Anna musste lachen.

„Hoffentlich hab ich ihm nicht wehgetan!"

„Der kommt schon klar! Los, wir hauen ab! Schluss für heute, bevor du noch 'ne Schlägerei anzettelst!"

34. Kapitel

Auf dem Rückweg fuhren sie nebeneinander her und ließen sich mehr Zeit als auf der Hinfahrt. Sie hatten es nicht eilig. Sie würden rechtzeitig zu Hause sein, bevor Norbert aufstand. Die Begegnung mit Steffen hatte bei beiden den Adrenalinspiegel erhöht, so dass sie die Kälte kaum mehr spürten. *Eigentlich hätte ich mit Anna auch reingehen und ein paar Bier trinken können. Morgen bin ich weg. Nur 'n kleines Abschiedsbierchen.*

Aber es war zu spät, und außerdem hätte wahrscheinlich jeder Zweite dort drin Anna erkannt. Norbert hätte noch vor dem Frühstück fünfzig Anrufe bekommen, dass seine minderjährige Tochter gestern Nacht heimlich in der Disco gewesen war. Nein, Andreas fand es in Ordnung, so wie es war. Eine kleine Radtour übers Land mitten in der Nacht. Vielleicht war das sogar der beste Abschied von seinem Aufenthalt hier. Im Dunkeln. Lautlos. An all den Stellen vorbei, die er kennen gelernt hatte. Der Kiefernwald, der Weg runter zum See, das Silo, Heiners Hof und Klages' Hof.

Die Ruine auf Heiners Hof war bereits abgerissen worden. Ein Bagger parkte vor einem Schutthaufen, und ein Container stand halbgefüllt an der rechten Seite. *Ich bin's nicht gewesen, Leute! Ich bin's nicht gewesen!*

Kurz bevor sie Klages' Hof erreichten, meinte Andreas, ein Geräusch hinter ihnen zu hören. Und tatsächlich erkannte er zwei Scheinwerfer etwa fünfhundert Meter hinter ihnen.

„Halt mal an! Wir verstecken uns besser!“, sagte er zu Anna. In dieser Richtung lagen nur noch die Höfe von Klages und Norbert. Das Auto würde auf jeden Fall an ihnen vorbeifahren, und Andreas wollte nicht gesehen werden. Wahrscheinlich war es Steffen, der mit zwei Promille im Blut noch nach Hause fuhr. Sie legten sich mit den Fahrrädern in den Graben neben der Straße und beobachteten durch das hohe Gras den näher kommenden Wagen. Für einen Mini war er zu groß, der Touareg von Klages konnte es auch nicht sein. Andreas konnte einen Stern zwischen den Scheinwerfern blinken sehen, und kurze Zeit später passierte sie ein weinroter Mercedes. Er fuhr langsam und sehr leise. Die Rücklichter tauchten das Heck in rotes Licht, und da sah Andreas plötzlich das, wonach er gesucht hatte. Der Fehmarnaufkleber auf der Kofferraumklappe rechts neben dem Schloss. Sein Kopf schnellte hoch.

„Was ist?", fragte Anna erschrocken.

„Der Aufkleber! Der Aufkleber!!"

Jetzt richtete sich auch Anna auf und betrachtete den Wagen mit zusammengekniffenen Augen.

„Das ist er! Ich weiß es! Das ist er!", sagte Andreas.

„Wo will er hin?"

Sie warteten, bis das Auto die Frage von Anna selbst beantwortete. Der Wagen rollte an Klages' Hof vorbei und löschte plötzlich seine Lichter. Die beiden sahen sich mit aufgerissenen Augen an. Sie wussten, was das bedeutete.

„Der will zu uns!", sagte Anna. Dann folgte ein Moment, in dem sich keiner der beiden bewegte. Alles stand still. Nur ihre Gedanken rasten. Andreas brach aus seiner Starre aus und zog sein Handy aus der Tasche. Er war sich sicher, was passieren würde, und rief sofort die Feuerwehr. Anna schleppte die Räder aus dem Graben, und beide sprangen auf die Sättel und rasten hinter dem Auto her. Andreas war Anna bereits nach wenigen Metern weit voraus.

„Fahr und sag Papa Bescheid!!", rief sie ihm hinterher. Ihre Stimme wurde schlagartig leiser, und Andreas drehte sich um, weil er dachte, sie sei gestürzt. Anna hatte ihr Fahrrad auf der Straße liegen gelassen und lief auf den Hof von Klages. Andreas trat noch fester in die Pedalen. Seine Beinmuskeln spannten sich so stark an, dass er Krämpfe bekam. Doch er ignorierte den Schmerz und fuhr weiter. Der Gegenwind wurde stärker und kälter. Schweißtropfen fielen von seiner Nase. Er keuchte und holte das Letzte aus seinen brennenden Lungen heraus. Der Hof kam in Sicht. Der Mercedes parkte an der Straße, so dass er vom Haus nicht zu sehen war. Der Motor lief noch. Andreas bog in die Einfahrt. Er war zu schnell, und der Vorderreifen rutschte weg. Er fiel auf seine rechte Schulter, und nur den Bruchteil einer Sekunde später stand er schon wieder und sprintete zum Haus, wo er mit dem Handballen auf die Klingel schlug.

„Norbert!!! Norbert!!!", schrie er und drückte immer wieder auf die Klingel.

Ein Geräusch lenkte seine Aufmerksamkeit nach rechts. Es war ein unheimliches, beängstigendes Geräusch. Ein Geräusch, das immer größer wurde, immer näher kam. Ein Geräusch, das zerstörerisch war und hungrig. Ein tiefes Grollen erschütterte die Nacht. Wie die trommelnden Hufe einer galoppierenden Büffelherde. Es knackte laut, wie spitze Pistolenschüsse. Am hinteren Ende des Heuschobers wuchsen gelbe Flammen empor. Wild schlugen die riesigen Feuerarme in den dunklen Nachthimmel. Wütend fraß sich das Feuer vorwärts, wirbelte und schleuderte seine leuchtenden Tentakel aus dem Holz heraus. Immer dichter und massiger wurde die glühende Säule, die in der Höhe schwarzen Rauch aufbrodeln ließ wie kochenden Teer. Das Feuer sog jegliche Luft um sich herum auf und spie einen heißen Sturm senkrecht in die Luft. Andreas stand wie ein Zwerg vor einem wütenden Riesen. Ein kleiner schwarzer Schatten, aber er wollte nicht aufgeben. Es gab hinter jedem Stall zwei Wasseranschlüsse. Schläuche hingen in den Ställen und in der Halle. Andreas lief in den Schweinstall und riss zwei Wasserschläuche von den Haken. Draußen kochte die Luft. Die Hitze war unerträglich. Trotzdem schraubte er die Schläuche fest und drehte die Wasserhähne auf. Als Nächstes wollte er zum Pferdestall laufen und wäre beinah mit Norbert zusammengestoßen, der in den Kuhstall rannte, um die Kühe freizulassen. Kaum hatte Andreas die Schläuche hinter dem Pferdestall angeschlossen und das Wasser aufgedreht, brauste der Touareg von Klages auf den Hof. Anna, Klages und Steffen sprangen aus dem Wagen und liefen auf Norbert und Andreas zu.

„Die Schläuche, nehmt die Schläuche!!!", schrie Andreas. Anna und Steffen kamen zum Pferdestall gelaufen und schnappten sich die beiden Schläuche. Klages half Norbert mit den Kühen, bevor sie zu den Schläuchen am Schweinestall griffen. Andreas fiel die Melkanlage ein. Rechts hinter dem Kuhstall führten die Rohre in den großen Milchtank. Es gab auch ein Wasserrohr, das er einfach nur zerschlagen musste. Er lief zur Halle, holte sich eine Axt und lief wieder zurück hinter den Stall. Er ließ die Axt auf die Rohre niedersausen, und zwei davon brachen gleich beim ersten Schlag. Aus einem Rohr spritzte Wasser in einer fächerartigen Fontäne empor, aus dem anderen quoll Milch. Andreas zerschlug die restlichen Rohre, doch die blieben trocken. Das Feuer würde die gesamte Heuernte zerstören. Die trockenen Ballen waren nicht mehr zu retten.

Auf dem Feld sah Andreas plötzlich einen Schatten. Das Feuer blendete ihn, aber er war sich sicher, dass da draußen jemand stand.

„He!!!", rief er.

Sofort ging ein Zucken durch den Körper des Mannes, der dort stand und dem Feuer zusah. Er lief nach links in Richtung des Feuers, und Andreas verfolgte ihn.

„He!!!", rief Andreas erneut, und als er sah, dass der Schatten von hinten herum um den Schweinstall flüchten wollte, wollte Andreas Norbert alarmieren. Doch seine Stimme wurde vom Donnern des Feuers förmlich vernichtet.

„Norbert!!! Norbert!!", schrie Andreas. Er musste einen großen Bogen um den brennenden Stall machen, weil es hier einfach zu heiß war. Der Schatten war fünfzig Meter vor ihm und lief auf die Straße hinter dem Garten des Hauses zu.

Andreas glaubte, ihn nicht mehr einholen zu können, als Pastor plötzlich zwischen den Pappeln hervorsprang und sich laut bellend und Zähne fletschend dem Mann entgegenstellte. Der hielt sofort an und schlug einen Haken nach links.

„Norbert!!!", rief Andreas wieder, und diesmal hörte er ihn. Er sah Andreas mit einer Axt auf sich zulaufen. Andreas streckte seine rechte Hand aus und deutete auf den flüchtenden Mann. Norbert reagierte schnell und zog Klages hinter sich her. Zwischen Wohnhaus und Schweinestall hatten sie den Mann jetzt eingekeilt. Das Feuer warf zuckende Schatten über den Hof. Aber Norbert und Klages erkannten den Mann sofort. Es war Heiner. Sein gehetzter, schuldbewusster Blick sagte in nur einer Sekunde alles, was die beiden wissen mussten. Er war der Brandstifter. Er hatte das Feuer gelegt. Nicht nur dieses, sondern alle anderen auch. Erschöpft fiel Heiner auf die Knie und fing an zu weinen. Die Männer näherten sich ihm. Die Feuerwehr stürmte auf den Hof. Blaues Licht pulsierte in der rauchgefüllten Luft.

„Oh Gott! Es tut mir leid! Es tut mir leid! Ich hab das nicht gewollt!", jammerte Heiner und verbarg sein Gesicht in den Händen. Er raufte sich die Haare und weinte immer lauter.

„Ich hab das nicht gewollt! Ich steck in Schulden! Ich wusste nicht mehr weiter! Mein Hof, alles, was ich besitze ... ich hätte sonst alles verloren!"

„Du hast deinen eigenen Hof angezündet?", fragte Klages.

„Mit der Versicherungssumme konnte ich neu anfangen!"

„Und warum meinen und Norberts Hof?"

„Wegen ihm!" Heiner deutete auf Andreas. „Wenn noch andere Höfe in Brand gesteckt würden, würden sie ihm doch die Schuld geben! Die hätten mich doch sonst sofort verdächtigt, bei meinen Schulden!"

Norbert machte einen Schritt nach vorn, packte Heiner am Kragen und zog ihn hoch.

„Du hilfst mit!", sagte er energisch, und dann schubste er ihn in Richtung des Feuers.

Anna und Steffen standen hinter den drei Feuerwehrwagen und schauten zu, wie der brennende Stall gelöscht wurde. Das Feuer fraß sich trotz der baumdicken Wasserfontänen der Feuerwehrschläuche durchs Silo. Der Weizen explodierte wie Salven von Maschinengewehren. Der Rauch war jetzt überall. Graue Schwaden schwebten über dem Hof. Einige Kühe hatten sich in die Halle und bis zur Straße geflüchtet. Norbert nahm Anna in die Arme, und Klages stellte sich hinter Steffen.

„Habt ihr die Zwillinge rausgeholt?", fragte Andreas, und Norbert drehte sich zu ihm um. In seinen Augen konnte Andreas lesen, dass es nicht so war. Sie waren noch im Stall und würden bei lebendigem Leibe verbrennen oder ersticken. Andreas sah Anna kurz in die Augen, und dann rannte er los. Er lief zwischen zwei Löschwagen hindurch und an einem der Feuerwehrmänner vorbei, der nicht mehr schnell genug reagieren konnte.

„Hey, stehen bleiben, stopp!!", hörte er jemanden hinter sich schreien und lief weiter. Aus dem Tor des Stalls quoll dicker Rauch und wälzte sich nach oben. *Unten bleiben, ich muss unten bleiben!*, dachte Andreas und warf sich auf den Bauch. Eine Woge heißer Luft schlug ihm entgegen und drückte auf seinen Kopf und seinen Rücken, so dass er meinte, seine Haut und seine Haare würden verbrennen. Er robbte sich weiter nach rechts und blieb nah an der Tür. Auf dem Hof hörte er aufgeregte Rufe. Links von ihm hatte sich das Feuer bereits durch die Wand durchgearbeitet und leuchtete gelb hinter den schwarzen Schwaden. Ein Wasserstrahl flutete ein Loch im Dach, und es zischte so laut, dass Andreas nichts anderes mehr hören konnte. Er kroch weiter und weiter, bis er endlich die Boxen erreicht hatte. Die Kälber waren ganz ruhig, vielleicht waren sie schon tot. Andreas zog sich hoch. Seine Augen brannten, und er konnte sie nicht lange offen halten, aber Links und Rechts lebten noch. Sie standen unbeweglich in ihren Boxen, als hätten sie auf Andreas und ihre Rettung gewartet. Nach vorn wurde der Rauch immer dichter und schwärzer. Das Dach brannte, und gleichzeitig lief Wasser herein. Sie standen an der rechten hinteren Wand des Stalls, an der Andreas zuvor die Leitungen gekappt hatte. Das Holz war vielleicht schon feucht und brüchig geworden, hoffte er. Es war ihre einzige Chance. Er hatte immer noch die Axt bei sich und hieb damit nun, so fest er konnte, auf die hintere Wand ein.

Er brauchte jetzt mehr Sauerstoff, atmete immer tiefer und schneller und merkte, wie ihm schwarz vor Augen wurde. Er schüttelte den Kopf und machte weiter. Das Holz splitterte, und dann brach ein größeres Stück heraus. Andreas steckte die Axt hindurch und zog sie ruckartig zurück. Eine Holzleiste brach vollständig, und Andreas trat nun zwei weitere Leisten heraus. Milch schwemmte herein, und nach ein paar weiteren Hieben mit der Axt war das Loch groß genug, um die Kälber durchschieben zu können. Andreas packte Links am Hals und drückte ihn auf den Boden. Dann schob er das Kalb an seinem Hinterteil, bis es fast draußen war.

„Hier!!! Ich hab sie!!", rief jemand von draußen. Ein Feuerwehrmann erschien in der Öffnung und zog das Kalb vom Schuppen weg.

„Los, Junge raus da, raus!!!", schrie er.

Andreas holte das andere Kälbchen aus seiner Box, und der Feuerwehrmann schrie immer lauter.

Als er erneut den Kopf eines Kalbes aus der Öffnung kommen sah, sagte er: „Das gibt's doch nicht!!" Er zerrte es an den Vorderläufen heraus, und Andreas kroch hinterher. Dann wurde auch er an den Schultern gepackt und weggezogen. Für einen kurzen Augenblick war er wohl weggetreten, denn als er wieder zu sich kam, standen bereits Anna, Norbert, Klages, Steffen und Heiner um ihn herum.

„Alles in Ordnung!?", schrie Norbert ihn besorgt an.

„Ja, ja! Wo sind Links und Rechts?", fragte Andreas.

„Oh Gott, er ist total verwirrt!", rief Norbert.

„Nein! So haben wir doch die Zwillinge genannt!", erklärte ihm Anna.

„Ihr seid beide verrückt!"

„Den Zwillingen geht's prima! Das hast du gut gemacht!", sagte Anna.

„Idiotisch war das! Einfach nur idiotisch! Wegen ein paar Viechern sein Leben zu riskieren!", fuhr Norbert ihn an. Andreas legte sich zurück und lächelte. Das hatte er geschafft. Was jetzt noch kam, war ihm gleichgültig.

35. Kapitel

Eine halbe Stunde später hatte die Feuerwehr das Feuer unter Kontrolle. Der Heuschober und das Silo waren völlig zerstört, ebenso wie das Dach und die linke und hintere Wand des Stalls. Alle Tiere hatten überlebt.

Nils und Peter kamen mit dem Streifenwagen zu der Brandstelle gefahren und mussten auf der Landstraße einigen von Norberts Kühen ausweichen, bis sie die Einfahrt erreicht hatten. Als Heiner die beiden erblickte, kam er direkt auf sie zu und sagte: „Ich bin's gewesen. Das ist alles meine Schuld!"

Die beiden Polizisten konnten es zunächst nicht glauben. Unsicher standen sie vor dem Mann, den sie schon seit Jahren kannten, der mit ihnen über den Brandstifter gemutmaßt hatte und dem sie alle Informationen gegeben hatten. Heiner hatte auch von Annas Aussage gewusst und dass die vielleicht die Anklage gegen Andreas gefährdet hätte. Deswegen hatte er diesen dritten Brand auch noch gelegt.

Heiner war ein Vertragsbauer für einen großen regionalen Tiefkühlhersteller. Was keiner wusste, war, dass die Firma den Vertrag mit ihm wegen starker Ertragseinbußen aufgekündigt hatte. Eine Überschwemmung hatte im letzten Jahr einen Großteil der Ernte zerstört. Und Heiner hatte einen sechsstelligen Schuldenbetrag angehäuft. Die Banken hatten die Kredite eingefroren. Damit stand er kurz vor der Pfändung seines Hofes.

Keiner auf dem Hof, nicht einmal Andreas, verspürte so etwas wie Genugtuung, als sie Heiner in den Streifenwagen setzten und mit ihm auf die Wache fuhren. Es war ein trauriges Bild, und jeder hatte Mitleid mit ihm. Er war in ihren Augen nicht der böse Brandstifter, kein Krimineller, kein Verbrecher, kein Betrüger. Er war ein verzweifelter Mann, der keinen anderen Ausweg mehr gesehen hatte. Ein tragischer Fall. Und Norbert und Klages verstanden ihn besonders gut, weil sie selbst in der Situation waren, sich als kleinere Bauern durchschlagen zu müssen.

Für Andreas hatte dieser Ausgang weitreichende Folgen. Nicht nur, dass er jetzt natürlich rehabilitiert war und von jeglichen Anschuldigungen freigesprochen wurde. Nein, für ihn änderte sich etwas an der Sichtweise auf die Welt. In seinem bisherigen Leben war alles immer schwarz und weiß gewesen, und er hatte immer eine klare Trennlinie zwischen beidem ziehen können. Jetzt mit der Verhaftung Heiners verwischte diese Linie. Schwarz und Weiß wurden zu Grauzonen unterschiedlicher Nuancen. Es gab nicht länger Gut und Böse. In Berlin waren die „Bullen" die Bösen, die Lehrer oder auch seine Mutter. Seine Freunde waren die Guten. Hier wollte Andreas jeden Menschen genau nach diesem Schema bewerten, doch es funktionierte nicht mehr. Klages und Steffen waren absolute Feindbilder gewesen, aber sie hatten sich täuschen lassen von einem langjährigen Freund. In dieser Nacht hatten sie mitgeholfen, das Feuer auf dem Hof zu löschen, und Andreas musste sich eingestehen, dass alles, was Klages getan hatte, immer nur dazu gedient hatte, sein Recht und seinen Besitz und auch seinen Sohn zu schützen. Bei Heiner verspürte Andreas diesen Zwiespalt noch viel intensiver. Er war der Schuldige, er war derjenige, der beinah Andreas' Zukunft zerstört hätte. Doch am liebsten hätte Andreas ihm nun geholfen. Jemand wie Heiner verdiente es nicht, im Knast zu enden. Er war bestimmt ein guter Kerl, der einen riesigen Fehler begangen hatte. Aber dieser Fehler musste bestraft werden. Es hätten Menschen bei den Bränden verletzt oder gar getötet werden können.

In dieser Nacht war an Schlaf nicht mehr zu denken. Sie alle saßen in Norberts Wohnzimmer schweigend und nachdenklich vor einem Glas Wasser. Ihre Gesichter waren schwarz vom Ruß, ihre Haare angesengt. Sie stanken nach Rauch und husteten ständig. Ein Notarzt hatte Andreas' Brandwunden an der Schulter und am Oberarm behandelt und verbunden. Die Haustür stand offen. Draußen packte die Feuerwehr ihre Sachen zusammen. Es wurde bereits hell, und als ob gar nichts geschehen wäre, fingen die Vögel an zu zwitschern.

„Wir fahr'n dann mal. Wir brauchen 'ne Dusche. Ich schau nachher wieder bei dir vorbei!", sagte Klages und stand auf. Norbert nickte abwesend.

„Ja, vielen Dank, Klages!"

Steffen folgte seinem Vater.

„Ihr solltet euch auch waschen! Vielleicht könnt ihr noch etwas schlafen!"

„Das wird schon wieder, Papa!", sagte Anna. Norbert lächelte verzweifelt.

„Sicher, Schatz!"

Anna umarmte ihn ganz fest und ging nach oben.

„Du musst den Verband abkleben!", sagte Norbert zu Andreas.

„Was?"

„Wenn du duschst, musst du den Verband abkleben! Nimm dir 'n Plastikbeutel aus der Küche!"

„Ja, mach ich!"

Dann ging auch Andreas nach oben, und Norbert blieb allein zurück.

36. Kapitel

Gegen acht Uhr am Morgen saßen alle drei geduscht am Frühstückstisch. Das schwarze Skelett des Kuhstalls starrte ins Esszimmerfenster herein, und Andreas war froh, dass Norbert mit dem Rücken zum Stall saß und nur die Einfahrt im Blick hatte.

„Wer hat eigentlich die Feuerwehr gerufen?", fragte Norbert, während er sich ein Brot schmierte.

Anna und Andreas warfen sich einen schuldbewussten Blick zu.

„Keine Ahnung!", sagte Andreas schnell.

„Interessant! Der Brandmeister sagte, du hättest angerufen!"

„Ich, ja ... ach so, ja, angerufen hab ich. Aber ich dachte ... ich wär nicht der Erste. Also ... ich dachte, vor mir hätte schon jemand angerufen!" Andreas räusperte sich.

„Und wieso war Anna in Klages' Auto?"

Anna ließ ihre Hände in den Schoß sinken. „Ich ... ich ... war noch kurz spazieren!"

„So, spazieren! Ein bisschen frische Luft schnappen, nachts um drei auf der Landstraße! Na klar, warum auch nicht!"

„Das war meine Idee! Die Sache mit dem Aufkleber hat mir doch sowieso keiner geglaubt! Wir haben rausgefunden, dass es ein Aufkleber von Fehmarn war, und da wollte ich los und vor der Lagerhalle alle Autos checken!"

„Und wieso ist Anna mitgekommen?"

„Weil ... weil ich den Weg ja nicht kannte!" Norbert verzog den Mund und atmete schwer aus.

„Wir haben auf dem Weg nach Hause Heiners Wagen gesehen, und Andreas hat gleich die Feuerwehr angerufen!", fügte Anna hinzu.

„Ich kann nicht sagen, dass ich das gut finde, was ihr da gemacht habt.

Anna, von dir hätte ich was anderes erwartet. Andreas ist älter, dem kann ich manche Sachen nicht verbieten."

„Ich weiß. Tut mir leid!", piepste Anna.

„Anna ist nur mitgekommen, weil ich gefragt hab!"

„Ist schon gut, Andreas! Du brauchst sie nicht in Schutz zu nehmen! Es ist passiert, und ich habe gesagt, was ich davon halte!"

Damit beendete Norbert die Diskussion und aß weiter. Anna und Andreas senkten die Blicke auf ihre Teller. So richtigen Hunger verspürten nun beide nicht mehr.

„Ihr habt aber genau richtig reagiert! Ohne euch wäre wahrscheinlich noch viel mehr verbrannt!"

Dieser Satz zauberte ein Lächeln auf Annas Gesicht, weil sie wusste, dass ihr Vater ihr verziehen hatte. Andreas hätte auch gern gelächelt, doch er druckste herum, als müsse er noch eine unangenehme Botschaft überbringen.

„Leider ist da noch was. Das Fahrrad von Annas Mutter ist ein bisschen kaputt! Ich bin in der Einfahrt hingefallen, und nachher ist die Feuerwehr drübergefahren! Eigentlich ist das Ding sogar ziemlich Schrott!"

Norbert blickte auf Er konnte nicht anders, er musste einfach lachen. Andreas war überrascht, aber Norberts Lachen war so ansteckend, dass auch er und Anna lachten. Sie saßen am Tisch und lachten, bis ihnen die Tränen kamen. Sie hielten sich den Bauch vor Lachen und konnten gar nicht mehr aufhören. Das Lachen war wie ein befreiendes Ventil, nach all den Erlebnissen der letzten Nacht. Und bei Norbert war bei all dem Gelächter auch die ein oder andere bittere Träne dabei.

„Was passiert denn jetzt?", wollte Anna wissen, nachdem sie sich endlich beruhigt hatten.

„Nun, die Polizei wird mit Sicherheit noch mal kommen und dann die Leute von der Versicherung. Der Stall muss wohl abgerissen werden!"

„Wenn das o.k. ist, würd ich trotzdem gern heute fahren!", sagte Andreas. Er hatte das Gefühl, dass seine Zeit auf dem Hof abgelaufen war, dass er hier getan hatte, was er tun konnte. Jetzt musste er nach Hause. Alles, was nun auf dem Hof passieren würde, reichte zu weit in die Zukunft. Das hatte irgendwie nichts mehr mit ihm zu tun.

„Na klar kannst du fahren! Ist vielleicht besser so!"

Anna sagte nichts. Sie war zu erschrocken darüber, dass Andreas jetzt schon nach Hause fahren wollte. Sie schlug die Augen nieder, um ihre Enttäuschung nicht zu zeigen. Wieder wurde sie verlassen. Wieder blieb sie allein zurück.

Bis zum Mittagessen beseitigten sie im Hof, was sie mit Schaufel und Trecker aus dem Weg räumen konnten. Norbert schätzte ständig ab, wie hoch der Schaden sein würde, was er in Eigenarbeit reparieren könnte und was nicht. Und er machte sich Gedanken darüber, ob er alles wieder so aufbauen sollte, wie es vorher gewesen war. Ein paar Veränderungen würden vielleicht nicht schaden. Mit einer kleinen Umstrukturierung könnte er neue Einnahmequellen erschließen. Je nachdem wie hoch die Versicherungssumme sein würde, könnte er sich vorstellen, ein oder zwei Ferienwohnungen zu bauen. Die Gegend war wunderschön. Es gab den Fluss und den See in unmittelbarer Nähe, und mit den Pferden könnten sie kleine Ausflüge und Ausritte anbieten. Obwohl Norbert nun in der Asche seiner niedergebrannten Scheune stand, schien daraus, wenn auch nur in Gedanken, wieder etwas Neues zu erwachsen.

37. Kapitel

Andreas hatte gerade seine Tasche gepackt und ein letztes Mal aus seinem Fenster in den Garten und in den blauen Himmel über dem Feld geschaut.

Er nahm seine Tasche und verließ das Zimmer. Auf dem Flur wartete Pastor auf ihn, der mit ihm zusammen die Treppe hinunter ins Wohnzimmer lief. Dort saßen Norbert, Nils und Peter und unterhielten sich leise.

„Hallo, Andreas!", begrüßte Peter ihn.

„Hallo!", sagte Andreas zögernd, und Peter und Nils standen auf. Er wusste nicht, was das bedeuten sollte, und anstatt auf die Männer zuzugehen, blieb er lieber am Treppenaufgang stehen. Seine Tasche hielt er noch in den Händen, und Pastor drückte sich an sein rechtes Bein.

„Andreas, wir sind gekommen, um dir mitzuteilen, dass du natürlich nun von allen Anschuldigungen die Brände betreffend freigesprochen bist. Die Ermittlungen gegen dich werden damit eingestellt."

Das war etwas, was Andreas gern hörte, doch Peters Tonfall klang so, als sei das noch nicht alles gewesen.

„Und was die Geschichte mit seinem Auto angeht ... sieht Herr Klages von einer Anzeige gegen dich ab."

Andreas setzte seine Tasche ab. Die Grauzone, in der Klages sich in Andreas' Wertesystem bewegte, wurde schon wieder eine Nuance heller. Damit musste er erst mal lernen umzugehen.

„So, dann wären wir eigentlich durch mit allem! Wir müssen zurück auf die Wache! Mach's gut, Norbert!"

Die Männer gaben sich die Hand.

„Tschüs, Andreas!", sagte Peter, und Nils lächelte zum Anschied.

„Tschüs!"

Die Tür fiel hinter ihnen ins Schloss.

„Na, alles wieder in Ordnung für dich!“

„Sieht so aus!“

„Bist du fertig?“

„Von mir aus können wir los!“

Norbert ging zur Treppe.

„Anna? Wir fahren jetzt!“, rief er nach oben. Beide rechneten damit, dass Anna in ihrem Zimmer bleiben würde. Sie hatte seit heute Morgen kein Wort mehr gesprochen, war nach dem Essen gleich in ihr Zimmer gegangen und hatte die Tür abgeschlossen.

„Vielleicht gehst du mal rauf!“, schlug Norbert vor, doch in dem Moment wurde oben die Tür aufgeschlossen, und Anna kam die Treppe heruntergelaufen. Sie sah die beiden nicht an, ihre Augen waren hinter ihrem Pony versteckt.

„Ich komm mit!“, sagte sie knapp und ging nach draußen zum Auto. Andreas und Norbert folgten ihr. Zu Andreas' Erstaunen stand Klages plötzlich im Hof. Andreas blieb stehen, und Anna schaute den großen Mann an, als erwarte sie gleich wieder einen Wutausbruch. Dann ging er auf Andreas zu und baute sich vor ihm auf. Er war fast einen halben Kopf größer als Andreas, und sein massiger Oberkörper verdeckte die Sonne. Andreas' Muskeln spannten sich. Er wollte sich schon ducken, als Klages' Arm nach vorn schnellte. Doch er streckte ihm lediglich die Hand hin. Unsicher schlug Andreas ein.

„Tut mir leid!“, sagte Klages mit seiner tiefen Stimme. Andreas konnte gar nichts sagen. Aus seiner Hosentasche zückte Klages ein paar Geldscheine und drückte sie Andreas in die Hand.

„Hier ist das Geld, das Steffen dir geklaut hat! Er hat sich nicht getraut, selbst zu kommen!“

„Danke!“, sagte Andreas, und Klages nickte, als sei die Schuld zwischen ihnen nun beglichen. Dann drehte er sich um, ging zurück zu seinem Auto und fuhr vom Hof.

Sogar Norbert war erstaunt über Klages' Verhalten. Unbeweglich wie

Wachsfiguren standen sie nun da und sahen dem blauen Touareg hinterher.

„Wir müssen los, Kinder!“, sagte Norbert schließlich, und sie stiegen ein.

Aus dem Wagenfenster blickte Andreas ein letztes Mal auf den Hof, der nun so anders aussah als vor Wochen, als er hier angekommen war und am liebsten gleich wieder umgekehrt wäre.

Sie fuhren aus der Einfahrt auf die Landstraße, und gegenüber auf der Weide konnte Andreas Links und Rechts erkennen. Sie lagen nah bei ihrer Mutter im hohen Gras. Andreas' Finger zuckten, als wollte er ihnen zuwinken. Nach ein paar Minuten Fahrt verließen sie die Landstraße ohne Mittelstreifen und bogen Richtung Jerichow ab. Andreas sah das Kloster, diese rote riesige Festung, am Horizont leuchten. Die schwarzen Fenster sahen aus wie kleine Münder, die die Sommerluft einatmeten, um damit die kalten Gewölbe im Inneren des Gebäudes zu wärmen. Staub wirbelte auf, als Norbert auf den Parkplatz fuhr. Schweigend gingen sie zur Bushaltestelle vorn an der Straße.

„Hast du deine Fahrkarte?“, fragte Norbert.

„Ja, klar!“

Dann schwiegen sie wieder, und jeder schaute in eine andere Richtung oder starrte auf den Boden.

„Da kommt der Bus!“, sagte Norbert und blinzelte die Straße herunter. Er stellte sich vor Andreas hin. Keiner der beiden wusste so recht, wie sie sich verabschieden sollten. Ungeschickt gaben sie sich die Hand.

„Mach's gut! Und grüß deine Mutter!“

„Danke!“

Andreas drehte sich zu Anna um. Sie hielt den Kopf gesenkt wie immer, doch dann nahm sie allen Mut zusammen, hob ihren Kopf und sah ihn mit weit geöffneten Augen an. Ihre Augen schwammen in Tränen, aber sie waren klar, so klar wie der Fluss, in dem Andreas und sie geschwommen waren, und Andreas hatte das Gefühl, in ihren Augen ebenso auf den

Grund schauen zu können wie in dem klaren Wasser des Flusses. Andreas hätte sie zum Abschied gern umarmt oder einfach nur an der Schulter berührt. Ein Händedruck erschien ihm zu distanziert. Stattdessen klopfte er ihr zweimal mit der flachen Hand auf den Kopf. Es war eine merkwürdige Geste, doch Anna verstand sie. Ihr Pony hüpfte auf ihren Wimpern. Der Bus hielt an, und mit einem Zischen öffneten sich die Türen.

„Pass auf Links und Rechts auf!", sagte Andreas, dann stieg er ein.

Er setzte sich auf einen Platz hinten rechts und schaute aus dem Fenster. Norbert winkte. Anna stand da mit hängenden Schultern und guckte nur. Andreas lächelte. Sie war wieder barfuß unterwegs.

Später im Zug dachte er über seine Ankunft in Berlin nach. Bald würde Potsdam vor dem Fenster auftauchen, dann der Grunewald und Zehlendorf. Seine Mutter wollte ihn am Bahnhof abholen. Ihm wäre es lieber gewesen, sie hätte zu Hause auf ihn gewartet. Eine Wiedersehensszene auf dem Bahnsteig, das war etwas, worauf er gut verzichten konnte. Sie würde wieder heulen und jammern. Aber wenn er ihr erzählte, was wirklich passiert war, vielleicht würde sie dann einmal lächeln. Vielleicht würde sie dann einmal stolz auf ihn sein. Vielleicht wäre ihr Lächeln das erste Licht am Ende des dunklen Tunnels, der, wie es schien, so unvermeidlich vor ihm lag. Vielleicht wäre der Tunnel ja doch nicht ganz so lang, wie es für Andreas den Anschein hatte.

Andreas schaute auf die Zeitanzeige auf seinem Handy. Noch eine halbe Stunde Fahrt. Dann war Berlin erreicht und Jerichow so weit entfernt wie ein anderer Kontinent. Andreas tippte sich in das Menü und rief die Fotos vom brennenden Polo im Treptower Park auf. Er ging sie nach und nach durch. Dann löschte er sie alle. Die Anzeige fragte ihn: „Alle löschen?", und er bestätigte mit der grünen Taste.

Landwirtschaftsverlag GmbH, 48084 Münster

Lektorat:	Sabine Deing-Westphal, Rhede
Gestaltung:	KreaTec – Grafik, Konzeption und Datenmanagement im Landwirtschaftsverlag GmbH, Münster
Druck:	Westermann Druck Zwickau GmbH

ISBN 978-3-7843-3499-8